동아
COMMUNICATION
GROUP

골의 섬이 강림했다

골프의 신이 강림했다 5권

초판 1쇄 인쇄일 | 2022년 5월 11일
초판 1쇄 발행일 | 2022년 5월 20일

지은이 | 일필
펴낸이 | 박성면
펴낸곳 | (주)동아

출판등록 | 제406-2007-000071호
주소 | 경기도 파주시 문발동 223-1 2층
전화 | (031)8071-5201
팩스 | (031)8071-5204
E-mail | lion6370@hanmail.net

정가 | 8,000원

ISBN 979-11-6302-585-6 (04810)
ISBN 979-11-6302-563-4 (Set)

골프의 신이 강림했다

일필 스포츠판타지 장편 소설 DONG-A SPORT FANTASY STORY

동아
COMMUNICATION
GROUP

목차

골프의
신이
강림했다

1화. 평범한 인간의 잣대

골프의
신이
강림했다

- 와우! 깃대를 맞춰 버리네요.

- 맞지 않았다면 길었을 겁니다. 그러면 매우 까다로운 내리막 퍼팅을 남겼을 텐데, 행운이 따른 벙커샷이었습니다.

- 그러면 이제 1타 차로 따라붙은 건가요?

- 그렇죠. 스피스가 13번 홀에서 그린을 놓쳐 버디는 어려워 보입니다. 절대 따라잡히지 않을 것이라고 생각했고 혹시 추격을 받더라도 그 주인공이 TJ일 것이라고는 생각하지 않았는데, 정말 지독한 선수입니다.

지독한 선수라는 표현은 나쁘지 않았다.

그런 독한 면이 없으면 성공할 수가 없는 전쟁터였기 때문이다. 우승 경쟁 때문에 가려져 있지만 벌타 구제로 인해 프런트나인에 작성한 -6은 정말 대단한 기록이 아닐 수 없었다.

후반 시작과 함께 연이어 버디 퍼팅을 실패하면서 주춤했지만, 파3 홀 버디에 이어 이번 홀까지 버디를 낚는다면 벌써 -8이 되는 셈이었다.

이제 까다롭다고 정평이 난 4개 홀만 남았다. 버디 하나만 더 잡아내면 자신의 목표는 달성하는 셈이었다.

- 벌타 구제가 좋은 영향을 미친 걸까요?

- 그건 절대 아닙니다. 저는 벌타 부과와 구제로 인해 TJ가 막대한 손해를 봤다고 생각합니다.

- 심리적인 영향을 받은 것 같지만 결과가 좋지 않습니까?

- 오늘 출발할 때를 생각해 보십시오. 정말 무서운 기세였는데, 파4 홀에서 1온에 성공하고도 파를 적어 내는 그 기분은 상상하기도 싫습니다.

- 아! 그렇군요! 아까 후반 시작하면서 아쉬운 버디 퍼팅을 3개나 놓친 것은 제가 봐도 아까웠습니다. 하기야 벌

타와 관련된 것만으로도 부담되긴 했을 것 같네요.

 - 그건 말할 필요도 없습니다. 게다가 동반자가 은근한 것도 아니고 노골적으로 훼방을 놓는 상황도… 저 같으면 참기 힘들었을 겁니다!

조던 스피스는 미국을 대표하는 선수다.

때문에 벌타 구제가 태주의 이미지에 좋지 않은 영향을 미칠 수도 있었다. 하지만 해설자가 명확한 설명을 보태 반감이 없었고 되레 악영향을 받았다고 분석한 것이 다행이었다.

이 경기는 한국의 유명 골프 채널에서도 실시간 중계방송을 하고 있었는데, 미국 중계와는 사뭇 분위기가 달랐다.

믿기 힘든 연승 기록을 써 내려가고 있지만 아직은 필드의 마법사로 불렸던 상도의 아들이라는 것이 더 큰 화제였다.

그런데 잔뜩 기대에 부풀었던 팬들이 첫날 경기를 보고 적잖이 실망했던 것도 사실이다. 하지만 1R보다 2R, 2R보다 3R가 좋았고 최종 라운드에서 우승 경쟁을 벌이자 난리가 났다.

 - 정말 대단한 집념입니다! 부상 회복이 되지 않아 컷

탈락을 예상한 팬들도 많았건만 4개 홀을 남긴 지금, 김 프로가 조던 스피스를 강하게 압박하는 장면은 정말 압권입니다!

- 분위기는 완전히 역전 모드죠! 다만 경쟁 상대가 바늘로 찔러도 피 한 방울 나오지 않을 스피스라는 것이 문제지만!

- 그도 13번 홀까지 3타를 줄이고 있습니다. 보기 없이 우승을 위한 최소한의 방어는 취하고 있는데, 우리 김 프로의 창이 그 방패를 뚫고도 남을 만큼 벼려졌다는 사실이 우리를 즐겁게 만들고 있습니다.

- 그동안 적잖은 한국 선수들이 PGA에 발자취를 남겼지만 이렇게 큰 기대와 주목을 받은 선수는 없었습니다. 국내 활동 기록이 없어서 한국 팬들의 주목도가 떨어지지만 실제 미국 골프 관계자들의 얘기를 들어 보니 상상 이상이더군요.

한국 스포츠 언론에서도 태주의 소식을 자주 다뤘다.

하지만 콘 페리 투어는 물론 유러피언투어도 중계하지 않았고 미즈노 오픈만 하이라이트 영상을 내보냈다.

때문에 미국 현지보다도 주목도가 낮았던 것이 사실이다.

게다가 초청 선수 자격이었기에 태주가 중계의 중심이 아니었다. 몇몇 한국 선수들의 선전을 기대했는데, 하나같이 초반부터 부진하면 시청률이 바닥을 찍었다.

잘하면 모르겠으되, 해매는 꼴은 차라리 보지 않는 한국인의 특성이기 때문이었다. 그 와중에 한 발 한 발 올라서 급기야 우승 경쟁을 하고 있었으니 열광할 수밖에 없었다.

"난 도저히 못 보겠어요!"

"당신이 자꾸 욕심을 부려서 그렇잖아. 이대로 그냥 2위로 마쳐도 태주는 대성공이야. 언론의 뜨거운 주목을 받겠지. PGA 첫 출전에 스피스 같은 최고의 선수와 당당히 경쟁하는 저런 모습, 누가 봐도 대단해 보이잖아!"

"저렇게 멋진 녀석이 어려서는 왜 그렇게 속을 썩였나 모르겠어요. 태식 씨 사고가 터지기 전까지만 해도….."

"그건 나도 마찬가지지. 그러고 보면 태식이 살아 있을 때에 좀 더 잘 지냈어야 하는데, 그놈의 자존심이 뭐라고….."

"저도 늘 아쉬워요. 그렇게 갑자기 떠날 줄은 몰랐잖아요."

"근데 말이야, 난 우리 아들한테서 태식의 흔적이 느껴져. 어떨 때는 아들이 아니라 친구처럼 느껴진다니까!"

보영은 그런 느낌을 받은 지 오래되었다.

태주가 코마에서 깨어났을 때부터 기이하게도 그런 느낌이 강해 혼자 속앓이도 꽤 했었다. 하지만 입 밖에 내진 않았다.

상도와 태식은 둘도 없는 친구인데도 붙어 있기만 하면 늘 티격태격, 참 미묘한 관계라는 것을 잘 알고 있었기 때문이다.

비록 지금은 세상에 없는 사람이지만 그 관계가 달라지지 않았을 것이라고 생각했다. 떠나고 없기 때문에 그리워하고 아쉬워하는 것이지, 아내가 태식의 편이라도 들 것 같으면 언제 또 심술을 부릴지 장담하기 어려웠다.

태주가 태식의 분신이라는 느낌마저 들었으니, 맞장구를 쳐 주는 것이 도움이 될 것 같지 않아 꾹 참았다.

"나이스 터치!"

"깃대에 맞지 않았다면 낭패를 볼 뻔했습니다."

"난 안 들어간 게 더 억울한데?"

"꼭 넣겠다고 생각해 힘이 들어갔었습니다. 힘 빼야 할 것 같아요."

드디어 1타 차까지 추격했다.

또한 남은 4개 홀에서 1타만 더 줄인다면 오늘 목표는 달성하는 셈이다. 더 좋은 스코어를 얻기 위해 최선을 다하겠지만 그 목표만 이뤄도 만족스러울 것 같았다.

그리고 공은 이제 스피스에게 돌리면 된다.

굳이 그렇게 생각한 이유는 방금 전처럼 오버하는 플레이가 나오지 않게 스스로 마음을 다스려야 한다는 생각이 들었기 때문이다.

그렇게 마음을 편안하게 먹어야 스윙을 조절할 수 있을 것이고 더 나은 성적도 가능하다고 봤다.

하지만 남은 홀들은 만만치 않았다.

"역시 까다롭네요!"

"심했지. 벙커에 너무 붙여 놓기도 했지만 경사지에 홀컵을 뚫어 놓을 건 뭐냐고!"

"그래도 파는 했잖아요."

"그니까! 아마 이 홀에서 스코어가 붙을 것 같아."

15번 홀은 474야드 파4 홀이다.

좌측으로 휘는 도그렉에 페어웨이가 좁은데, 그린 주변을 벙커가 감싸고 있어 티샷부터 정확도를 요구했다.

그래서 태주는 아예 3번 우드로 방향을 지키는 데만 집중했다. 세컨샷도 매우 안전하게 날렸는데, 의도를 살짝 벗어났을 뿐인데도 타구가 경사를 타고 에이프런까지 굴러가는 바람에 겨우 파로 막았다.

180야드 파 3홀인 16번도 마찬가지였다.

그린 중앙에 벙커를 만들어 놓은 것도 특이하지만 깃대

를 그 뒤에 꽂아 놔 바로 핀을 노릴 수 없게 만들어 놨다.

결국 홀컵 좌우 방향 중에서 본인이 편하게 느껴지는 방향과 퍼팅 라인을 고려해 조절하는 수밖에 없었다.

"뭘 그렇게 생각해? 설마 핀을 직접 노리려는 거야?"

"무리겠죠?"

"응. 하던 대로 좌측 보자. 너 슬라이스 라인, 좋아하잖아."

"그럼 8번 아이언 주세요."

욕심이 목구멍을 타고 툭 튀어나올 것 같았지만 홍 프로의 조언을 받아들였다. 탄도를 높이 띄워 홀컵 근처에 세울 순 있지만, 그렇게 버디를 획득하려면 위험 요소가 너무 컸다.

짧으면 벙커에 빠지고 길어서 그린을 오버하면 내리막 경사 앞둔 어프로치를 해야 한다. 홍 프로가 권한 좌측으로 올려 롱퍼팅을 해서 얻을 수 있는 결과에 비해 기대 타수가 좋은 것도 아니었다.

그렇게 안정된 공략으로 버디는 놓쳤지만 무난한 파를 적어 냈다. 이제 남은 홀은 2개, 그나마 평균 타수가 3.84가 나온 17번 홀은 반드시 버디를 잡아야 하는 홀이었다.

- TJ가 주춤하네요.

- 16번 홀은 어쩔 수 없습니다. 도넛 그린 벙커 앞쪽에 홀을 뚫어 놨다면 버디를 노렸겠죠! 하지만 지금 상황에서는 모험을 하지 않는 것이 현명한 선택이었습니다.

- 그런데 왜 저러죠? 혹시 또 1온을 노리는 걸까요?

- 366야드 파4 홀입니다. 거리도 만만치 않지만 그린을 감싸고 있는 가드 벙커가 저렇게 크고 위협적인데, 1온을 노리는 것은 무리입니다!

- 하지만 1타 차를 좁히려면 어쩔 수 없지 않나요? 어차피 공동 3위와는 타수의 여유가 있어요. 저 거리를 보낼 수 없다면 모를까, 이미 350야드 이상의 장타도 보여 준 마당에, 못 할 이유가 없다는 생각이 드는데, 제 생각이 틀렸나요?

- 그, 그렇긴 하죠!

티 그라운드의 티샷 라인이나 핀의 위치에 따라 홀의 전장은 20야드까지 늘거나 줄어들 수 있다.

380야드였던 날도 있는데, 하필이면 오늘 가드 벙커 가까이에 홀을 뚫다 보니 366야드로 세팅되었다. 이날 본선에 진출한 66명 중에서 57명이 이 홀을 거쳐 갔는데, 1온을 시도한 선수는 없었다.

때문에 해설자 브랜든도 일단 부정적인 의견을 밝힌 것

이다. 그러나 캐스터의 의견에 반박을 하지 못했다.

거리는 충분할 것 같았고 통상적인 티샷 랜딩 지역 우측에 있는 페어웨이 벙커와 그린 가드 벙커 사이의 비좁은 공간에 구멍을 뚫어낼 것만 같았기 때문이다.

그러나 태주를 누구보다 믿고 인정하는 마틴조차 불안한 기색을 감추지 못한 채 그 위험한 선택에 대해 지적하고 있었다.

"좋아하는 50, 60야드를 남겨 쩍 버디를 하면 되지!"

"아닐세. 난 저 친구 심정이 충분히 이해가 돼."

"어떤 심정 말입니까?"

"벌타와 관련해 미국 팬들의 어그로가 나올 수 있다고 생각할 거야. 그래서 더 확실하고 선명한 기량을 보여야 한다는 강박이 작용했을 걸세. 지더라도 찜찜한 승리는 싫다는 거지!"

"아무리 그래도 그렇죠. 구설은 한순간이고 기록은 영원한 겁니다! 이 승부에 걸린 것이 얼마나 많은지 회장님도 잘 아시지 않습니까!"

브라운 회장은 그저 씩 웃었다.

2부 투어 데뷔전부터 우승을 거머쥐며 연승을 거둘 때만 해도 찻잔 속의 태풍이라는 의견이 지배적이었다.

월등한 기량과 남다른 배포는 인정할 수밖에 없지만 골

프는 독식이 가능한 녹록한 스포츠가 아니기 때문이었다.

이미 판이 잘 깔린 콘 페리 투어를 제쳐 두고 아프리카로 향할 때, 그는 태주가 객기를 부린다고 생각했다. 대단한 친구지만 그게 한계라는 생각에 안타까웠다.

하지만 당당히 와이어 투 와이어 우승을 거뒀으며, 일본 투어에 출전해 부상 투혼을 선보이며 5연승을 거두자 브라운은 자신의 선입견이야말로 가장 무서운 한계라고 한탄했었다.

그래서인지, 마틴도 흠칫할 표현을 뱉었다.

"평범한 인간의 잣대로 잴 수 없는 친구일세!"

"으음!"

그사이 태주는 최적의 스윙 플레인을 찾아냈다.

그린 앞부분의 절반을 가리면서 좌측으로 감싸고도는 가드 벙커가 문제라면 그걸 회피하는 방향을 공략하면 된다.

그러기 위해서는 우측을 통한 드로우 샷을 때리면 되는데, 크고 위협적인 페어웨이 벙커를 넘어야 하는 것이 관건이었다.

"우측 벙커를 넘기려면 캐리가 얼마나 나와야 하죠?"

"309야드. 껌이지!"

"그렇게 큰 껌도 있습니까? 크크!"

"좌측의 가드 벙커 시작점은 322야드부터이고 그린의

주둥이까지는 337야드야."

"흐흐. 그럼 315야드 지점에 떨어뜨려 22야드의 런을 만들어 내면 되겠군요."

"탄도가 높은데, 런이 그렇게 많이 나올까?"

"300야드 안팎의 샷이면 그 정도까지 나오진 않겠죠. 하지만 런도 전체 비거리에 비례한다고 보는 것이 합리적이고 전 드로우 샷을 날릴 거거든요."

"그럼 페어웨이 벙커의 왼쪽 끝 라인 선상에 떨어뜨려야겠네. 어차피 런도 스핀이 걸릴 테니까!"

"그렇죠!"

다소 의논이 길었다.

아니나 다를까 구시렁거리는 소리가 들렸다.

세바스찬 무뇨스였다.

지금까지는 귀를 막았던 태주가 이번에는 곧바로 놈에게 시선을 돌렸다. 담담한 눈빛이었으나 당사자는 흠칫 놀랐다.

오로지 그만 느낄 수 있는 살기라도 담긴 것일까?

그런데 그게 끝이 아니었다.

그와의 거리는 길어야 대여섯 걸음, 태주가 그를 향해 성큼성큼 다가가자 화들짝 놀란 그는 두 손을 모아 올리며 제 행동을 부정하는 생쥐 같은 태세 전환을 취했다.

"TJ. 왜 이러십니까?"

"무뇨스. 그 입 좀 닥치면 안 될까?"

"당신에게 한 말이 아닙니다."

"그래? 그래도 싫어! 우리 서로 매너는 좀 지키자고!"

"아! 그럽시다."

"크크크….."

태주는 크게 웃으며 돌아섰다.

그 웃음소리가 음산하게 울려 퍼지는 가운데, 가까이 서 있던 사람들은 모두 이 웃지 못할 상황을 견뎌 내야만 했다.

덩달아 따라 웃으면 안 그래도 오늘 지옥을 맛보고 있는 무뇨스가 너무 비참해질 것 같다는 생각이 들었기 때문이다.

그 행위로 인해 태주는 샷 루틴을 빠르게 가져가야만 했다. 영향을 미칠 수도 있었으나 정작 본인은 무념무상의 상태로 시원한 스윙을 가져갔다.

느낌이 아주 좋았다.

- 와우! 드로우 샷이군요!

- 아무래도 거리를 확보하려면… 아니, 가드 벙커 때문에, 그린의 경사도 그렇고, 우측을 타고 도는 지금 TJ의

공략이 최선인 게 맞습니다.

- 이게 만약 온이 된다면 오늘만 파4 홀 1온 공략이 두 번입니다. 역시 장타자가 유리하다는 것을 여실히 보여 주는 장면이 아닌가 싶습니다.

- 결과를 봐야죠!

딴에는 옳은 말이었으나 한껏 고조된 분위기를 깨는 말이기도 했다. 실제 태주의 티샷은 지나치게 우측으로 날았다.

드로우 샷을 시도했음을 아는데도 너무 과하게 우측을 봤다는 생각을 지울 수 없었는데, 타구가 정상에 다다를 무렵에 태주도 자세를 풀고 공의 궤적을 바라보기 시작했다.

그런데 입가로부터 시작된 옅은 미소가 만면으로 번졌다. 자신이 의도한 궤적을 정확히 타고 있었기 때문일까?

"좋아! 스윙이 그림 같지 않습니까?"

"힘을 모으는 동작이 굉장히 인상적이지. 느림의 미학이라고나 해야 할까? 거봐, 내가 충분하다고 했잖은가."

"저게 그린에 올라가기만 하면 대박인데…."

정확히 315야드 지점에 떨어졌다.

태주가 그 지점을 노렸다는 것을 알면 더 기겁할 내용이지만, 우측 벙커를 가뿐이 넘겼다는 사실 하나만으로도 갤러리들은 흥분을 감추지 못했다.

양탄자를 깔아놓은 것 같은 멋들어진 페어웨이에 떨어졌으나 모든 지점이 동일한 바운드를 만들어내지는 못한다.

특히 그린 주변은 경사가 있어 크게 튀어 오른 타구가 어떻게, 얼마나 움직일지 마른침을 삼키며 지켜봤다.

"올라가!"

"아닙니다. 멈춰야 해요!"

마음 급한 홍 프로가 곁에 바짝 다가왔다.

클럽을 받을 생각은 하지 않고 일단은 공이 그린에 올라가야 한다는 생각을 했는지, 거침없이 고를 외쳤다.

하지만 아직도 손바닥 가득 타격감이 남아 있는 태주의 생각은 달랐다. 길다는 것이 증명되는 머쓱한 장면에 멘트를 바꿀 새도 없이 또 바운드가 일어났고, 타구가 그린을 올라탔다.

꾸역꾸역, 마지못해 올라가야 경사를 타고 좌측으로 흐를 텐데, 두 번의 바운드 끝에 그린을 탔기 때문에 길어질 수밖에 없었다.

"싯(SEAT)!"

"스탑!"

이 조와 함께 움직이며 열렬히 응원하던 모든 팬들도 목청을 높여 한 목소리로 멈추라고 외치는 장면이 흥미로웠다.

경사를 타고 홀컵을 빠르게 지나친 공이 좌측으로 심하게 오버되면 기다리는 것은 지옥의 구덩이 같은 벙커뿐이다.

그놈의 벙커를 피하려고 우측 궤적을 탄 드로우 샷을 기가 막히게 날렸는데, 말짱 도루묵이 될 처지가 되고 말았다.

그러나, 천행(天幸)이라고 해야 할까?

- 우우우! 멈췄습니다. 멈췄어요!

- 에이프런을 타고 넘은 공이 갑자기 긴 러프를 만나면서 힘을 잃어 천만다행입니다. 그렇게 멋진 샷을 날리고도 벙커에 빠진다면 그건 정말 기가 막힐 노릇이죠!

- 공감합니다. 366야드 홀을 너무도 가뿐하게 1온 시킨 이 상황은 제 눈으로 지켜보면서도 믿어지지가 않습니다. 정확한 방향이었는데, 짧은 게 아니라 길어서 문제가 되다니요! TJ는 너무 비현실적인 캐릭터 같습니다.

- 디샘보나 챔프 같은 대표적인 장타자들과 같은 조에서 경쟁적인 플레이를 펼칠 모습을 상상해 보십시오. 전 벌써부터 온몸이 짜릿짜릿해집니다!

브랜든의 그 멘트에 많은 호응 댓글이 달렸다.

오랫동안 유지된 골프의 변함없는 진리 중에 하나가 장타보다 정교함이 더 중요하다는 이론이었다.

하지만 성적을 내는 선수들의 평균 연령이 점차 낮아지고 장타자가 더 좋은 기록을 내고 있다는 사실이 통계로 증명되면서 PGA는 격변의 시대를 맞이했다고 해도 과언이 아니다.

경험과 노련함만으로는 최고가 될 수 없다는 것은 타이거 우즈가 등장하면서부터 대두된 화두였다. 하지만 장타자라는 장점보다는 정교함과 투지가 빛났던 우즈였기에 그는 과도기적인 시대를 대변하는 인물로 봐야 한다.

진정한 장타자들은 이후에 출현한 젊은 강자들인데, 춘추전국시대를 연상시킬 만큼 여러 선수들이 주목받고 있다.

"선 것은 좋은데, 라이가…."

"9번 아이언 주세요."

"러닝 어프로치 하려고?"

"그래야죠. 라이는 좌측으로 1m는 봐야 할 것 같습니다."

"이거 넣자!"

태주는 대답 대신 씩 웃었다.

이 홀에서 이 퍼팅을 넣는다면 역전이다.

적어도 버디 이상을 낚아야 우승의 희망이 있기 때문에 무리했던 것이다.

그러나 경사가 워낙 심하고 먼 거리였기 때문에 무리하기도 애매한 입장이었다. 자칫 2퍼팅을 놓친다면 두고두고 아쉬울 것 같아 동반 플레이어들이 세컨샷을 하는 내내 라인을 살피고 또 살폈다.

"이제 드디어 승부의 현장에 이르렀군!"

"1타 차이지만 스피스도 1타를 더 줄인다고 본다면 이 이글 퍼팅을 넣는 게 좋습니다."

"과연 그럴까?"

브라운은 버디만으로도 충분하다고 생각했다.

쫓기는 사람의 심리를 십분 이해하고 있었기 때문이다.

특히 젊은 신인이 압박을 가하면 이미 최고라고 인정받는 선수 입장에서는 약간의 방심과 혼란을 함께 겪게 된다.

그런 상황이 수많은 새 영웅을 탄생시킨 배경이 되었다. 물론 지금 퍼팅 라인은 너무 난해하고 위험부담이 컸다. 루키임에도 긴장하기는커녕 이 상황을 즐기듯 제 할 일을 하고 있는 태주의 여유로운 태도가 더욱 돋보일 수밖에 없었다.

"저기 노란 티셔츠를 입은 아줌마의 오른발을 보면 될

것 같아."

"크크! 그 아줌마가 움직이면 어쩌려고요?"

"엉덩이 크기를 봐! 쉽게 움직일 아줌마가 아냐!"

"그 방향에 저도 동의합니다."

"좋아! 퍼팅은 어떻게?"

"자신 있게 끝까지!"

"좋아!"

갑자기 지난 3일의 플레이들이 파노라마처럼 스쳐 갔다.

이 퍼팅에 그 모든 수고의 결실이 달려 있기 때문인 것 같았다. 애써 잡념을 떨쳐 버린 태주는 습관처럼 굳어진 퍼팅 루틴을 밟아 나가며 차분하게 어드레스를 취했다.

그런데 갑자기 청력을 상실한 것처럼 사위가 조용해졌다.

그리고는 온몸의 솜털이 모두 곤두서는 느낌을 받았다.

실로 오랜만에 찾아온 '초감각'이었다.

고개를 살짝 돌려 완성한 퍼팅 라인을 살펴봤는데, 자신이 그렸던 라인은 홀컵 근처 1m 지점부터 급격하게 휘어 우측으로 빠져나갔다.

'그럼?'

몸을 살짝 더 틀어 새로운 라인을 그려 봤다.

그런데 아직도 모자랐다. 그 상태로 더 비트는 것은 적절치 않아 어드레스를 풀고 다시 발을 정렬해 서면서 새 라인을 그어 봤다.

그러자 붉게 표시되었던 선이 파랗게 번하면서 홀컵 뒤로 이어지는 선이 사라졌다.

처음은 아니지만 소름이 돋는 것까지 제어할 수는 없었다. 그래서 잠시 그 상태로 호흡을 가다듬었는데, 누가 봐도 괴이한 행동이었다.

"왜 저러지?"

"뭔가 감이 온 것 같습니다. 기존 라인이 틀렸다는."

"그래도 저렇게 오래 서 있으면 더 흔들릴 텐데?"

"하체가 워낙 탄탄하게 받쳐 줘서 괜찮을 겁니다. 우린 저게 불가능하지만. 흐흐흐."

"왜 우리야? 난 아직 짱짱해."

"아! 그러십니까? 브라운. 요즘은 이전과 같은 요상한 풍문이 없어서 힘이 다 빠지신 줄 알았죠."

"이 사람이! 내일 한 게임 붙어!"

"내일이요? 좋습니다. 일이고 뭐고 한판 붙죠. 좋은 손님도 둘 초대하겠습니다."

"그것도 좋지!"

라운드 약속이 즉석에서 잡혔다.

벌써부터 두 명 다 투지를 활활 불태우는 것을 보면 그냥 친선을 도모하는 라운드는 아닌 것 같았다.

그사이 평정심을 회복한 태주의 퍼팅 스트로크가 이어졌다. 지켜보던 이들의 눈이 크게 벌어질 정도로 강한 세기였다.

유리알 그린이기 때문에 아무리 장거리 퍼팅이라도 그렇게 때리듯이 밀 필요는 없어 보였는데, 순식간에 벌어진 일이라 입만 쩍 벌리고 쳐다봤다.

탕!

"와우! 나이스 홀인!"

"이글이야! 이글!"

"우승 가자!"

- 와우! 정말 사람 놀라게 하는 재주가 있습니다!

- 그러게요. 굳이 저렇게 세게 쳐야 했는지 의문입니다. 만약 깃대를 맞고 떨어지지 않았다면 3m이상 굴러가 버디도 어려웠을지 모르는데, 의문입니다.

- 뭘 또 그렇게까지! 이로써 -18, 단독 선두로 치고 올라갑니다. 스피스도 이 홀에서 버디 가능성이 높다고 보면 동타라고 보는 것이 합리적이겠군요.

- 그, 그게 그렇지가 않습니다.

그의 말이 끝나기 무섭게 조던 스피스의 16번 홀 플레이 화면으로 바뀌었는데, 놀랍게도 그의 공은 도넛 모양의 그린 중앙 벙커에 들어가 있었다.

깃대를 바로 봤을 리는 없다. 우측이나 좌측을 보고 안전한 샷을 했을 텐데, 참으로 난감한 상황에 직면하고 말았다.

그래도 파는 하겠지 생각했건만 그의 벙커샷은 길었다. 애매한 3.5m 퍼팅을 넣지 못하면서 타수를 잃고 말았다.

리더 보드에 급격한 변화가 일어난 셈이다.

-18 TJ KIM
-16 조던 스피스
-13 개리 우드랜드, 찰리 호프먼, 아니르반 라히리

"뭐지?"

"파3 홀에서 보기를 했나 봐!"

"파3 홀 티샷 할 때, 제 1온 분위기가 전해졌나 보군요."

"그래도 실망스러운데? 천하의 스피스가 쫄았단 말이야?"

"그러게요…."

마지막 홀은 파5 홀이다.

거리는 608야드로 2온이 가능하지만 2온을 노리는 선수는 없다. 330야드 지점부터 급격히 좁아지면서 휘는 페어웨이도 위협감을 주지만, 세컨샷은 더 어려운 코스 세팅이기 때문이다.

450야드 지점의 좌측에 꽤 큰 연못이 하나 있는데, 거기서 흘러내린 개울이 페어웨이를 좌우로 갈라놓아 좌우의 공간 중에 하나를 선택해서 공략하게 되어 있다.

게다가 그 개울이 그린 앞까지 이르러 우측으로 흘러나가고 3개의 가드 벙커가 그린을 호위하듯이 빙 둘러 싸매고 있어 우드 샷으로 그 장애물을 다 헤쳐나가는 것은 불가능에 가깝다.

"3온 작전으로 가야지?"

"네. 스피스가 편안하게 해 줬는데, 무리할 이유가 없죠."

"300, 230, 80 공략?"

"아니요. 그 작전으로 지난 3일 동안 버디를 하나도 잡지 못했잖아요. 오늘은 핀을 뒤쪽 벙커 바로 앞에 꽂아 놨기 때문에 칩 샷을 더 바짝 붙이려면 330, 230, 50 작전으로 가죠!"

"오케이!"

3번 우드로 300야드를 안전하게 보내고 4번 아이언으로 230야드를 보내는 것까지는 매번 좋았다.

하지만 이상하게도 칩 샷이 홀컵에 잘 붙질 않았다. 그린의 경사도 잘 맞질 않았으며 80야드 지점에서 바라보는 광경이 스윙에 영향을 미칠 만큼 위협적이기 때문이라고 판단했다.

고로 오늘 컨디션이 좋은 드라이브를 잡아 티샷으로 서드 샷 거리를 좁히고자 했다. 330야드는 정확성을 담보할 수 있다고 생각해 홍 프로도 이의를 제기하지 않은 결정이었다.

까앙!

2타 차 선두에 이름을 올렸지만 그 생각은 지웠다.

아니, 지웠다고 생각했다.

하지만 인간의 마음은 참으로 요상했다.

분명 그 어떤 실수도 하지 않으려고 애썼는데, 타구가 우측으로 밀렸다. 몸의 이동이 빠른 것 같아 조금 더 당겨쳤는데, 좌측으로 출발한 타구가 슬라이스를 먹어 생각보다 심하게 휘었다.

게다가 하필 바람까지!

"이런! 바람을 고려하지 않았나?"

"클럽 페이스가 열려 맞았습니다. 스윙 템포가 어긋난

경우는 처음 봅니다."

"허허! 인간적이군!"

"나무 밑에 기어 들어갔는데, 얼른 가 보죠."

"아니야. 사람들이 몰려 있어서 중계 화면을 보는 게 더 빨라!"

브라운이 손짓을 하자 비서가 바로 태블릿을 건네줬다.

미리 켜고 대기하고 있었던 것이다.

그런 실시간 화면을 볼 수 없는 태주와 홍 프로는 동반 자들이 샷을 하는 동안 수많은 생각들이 오갔다.

'어떻게 그런 실수를 할 수 있느냐!'부터 '설마 옆으로 레이 업을 해야 하는 상황은 아닌가?'까지 온갖 잡귀가 달려들었다.

"참… 할 말이 없네요."

"사람이잖아. 정 안 좋으면 파만 해도 돼!"

"그렇긴 하지만 작전 변경이 문제였네요."

"이제 와서 후회할 필요는 없어. 그냥 나무 밑으로 기어 들어간 공이 잘 있기만을 기도하자고!"

"그래요. 파만 하자고요!"

최악을 감안해야 속이 편했다.

정말 안 좋다면 그런가 보다 할 수 있고 상황이 좋다면 기쁠 것이기 때문이다.

그런데 애매했다.

공이 놓인 지점은 딱히 방해물이 없지만, 문제는 그린 방향의 시야가 막혀 있어 겨우 보낼 수 있는 거리가 80야 드 안쪽이었던 것이다.

- 많이 휘는 바람에 300야드가 남았습니다. 빠져나갈 공간이 거의 없는데, 이럴 때는 최선이 뭘까요?

- 길게 생각할 것도 없습니다. 그냥 보이는 지점까지 쳐내면 됩니다. 그 이후에 얼마가 남을지, 방향은 어디가 좋을지, 무슨 클럽을 잡는 게 좋을지, 그런 생각은 집중력만 흐릴 뿐입니다.

- 아! 바로 샷을 하네요. 브랜든의 말을 들은 것 같습니다.

태주의 생각도 그랬다.

최악이 아닌 것에 감사하며 안전하게 피칭웨지를 잡고 페어웨이로 꺼냈다. 보낸 거리는 80야드, 공이 놓인 위치로 와서 보니 참으로 난감한 거리가 남았다.

사선으로 꺼내는 바람에 243야드가 남아 아이언을 잡기에는 부담스러웠다. 그래서 선택한 클럽이 22도 유틸리티였다.

그런데 장애물이 한눈에 가득 잡히는 것이 너무 찜찜했다.

어떤 상황에서든 용감했던 자신이 이렇게 갑자기 나약해질 수 있다는 사실에 놀라지 않을 수 없었다.

"호환마마가 끼었네. 흐흐흐."

"그럼 잘라 갈까?"

"그럴 수는 없죠!"

하늘을 바라봤다.

그리고 깊은 호흡을 여러 차례 반복했다.

그리고는 과감하게 샷 루틴을 밟아 나갔다.

다소 빠른 템포였지만 잡념이 끼어들 여지를 주지 않기 위해 오로지 공만 바라봤고, 특유의 스윙 리듬을 잃지 않기 위해 일체의 감각을 이 하나의 샷에만 집중했다.

그 결과 시원한 타격이 이뤄졌다.

그사이 조던 스피스도 믿기 힘든 멋진 세컨샷을 날렸다.

1온을 노리지는 않았고 가장 좋아하는 55야드를 남긴 그의 세컨샷이 샷 이글이 될 뻔하면서 팬들의 비명을 자아냈다.

- 와우! 스피스가 완벽한 버디 기회를 만들었습니다.

- 뒤늦은 감이 없지 않지만 마침 TJ가 18번 홀에서 버

디 기회를 상실한 분위기라서 우승 경쟁은 아직 끝나지 않았다고 봐야겠죠?

- 네. 그렇습니다. 스피스는 2라운드 때 18번 홀에서 버디를 잡은 적도 있기 때문에 비슷한 처지라고 봐야 합니다!

- 이거, 이거 싱거울 줄 알았는데, 점점 흥미진진해지네요!

태국 교도소는 매우 열악했다.

자랑은 아니지만 이미 갇혀 본 경험이 있던 태식에게도 하루가 한 달인 양 답답하고 지루했었다.

억울했기 때문에 덥고 더럽기까지 한 그곳이 더 지옥처럼 느껴졌던 것일지도 모른다.

하지만 텍사스 오픈에 출전한 4일은 그때보다 더 시간이 더디 흐르는 것처럼 느껴졌다.

사연이 많이 탓이다.

"잘 맞았는데, 벙커라니!"

"너무 셌어!"

"그니까 넘어갔겠죠! 하지만 참 허망하네요."

"뜻대로 되지 않을 때도 있지 뭐. 하지만 아직 승부는 네가 유리해. 그렇게 실망할 때가 아니야."

태주는 대꾸하지 않았다.

3온이 어려웠던 상황인 것은 맞지만 평소 같으면 절대 벙커에 빠뜨리는 그런 멍청한 샷을 하진 않았을 것이다.

모든 정력을 쏟아붓고도 벙커행이 된 건 식도에 큰 고구마 하나가 걸린 것처럼 답답했다. 두려움 없이 짱짱한 자신감으로 무장한 김태주는 대체 어디로 갔단 말인가!

사람 변덕이 참 얄팍하다는 생각에 잠겨 발걸음에 힘이 없었다. 하지만 그린에 다가가는 순간, 정신이 번쩍 드는 소리가 귀를 울렸다.

"와아아아! TJ! TJ!"

"슈퍼 루키! 파이팅!"

"힘내서 우승 가자!"

그린 스탠드를 가득 메운 골프팬들, 그리고 그보다 수십 배는 더 많은 갤러리들의 뜨거운 응원 소리가 쏟아졌던 것이다.

벙커에 빠뜨리고 실망하고 있던 태주는 그 함성에 한국어도 섞여 있다는 것을 확인하고 얼굴이 화끈거렸다.

그 무슨 이유가 있더라도 이렇게 무기력한 모습을 팬들에게 보이는 것은 바람직하지 않았기 때문이다.

그래서인지, 지금까지와는 달리 모자를 벗은 태주는 그린을 넘어 걸어가는 내내 팬들의 응원에 감사의 답례를 보냈다.

'날 응원하는 팬들에게 부끄러운 모습은 보이지 말자!'

'그래. 아직 이 홀을 망친 건 아니잖아. 파를 하면 되
지!'

얼마나 목마르게 갈구했던 삶인가!

환생 후 걸어온 3년여의 고생은 아무 것도 아니다.

스물을 갓 넘긴 나이에 부상 때문에 꿈을 접고 방황했던
고단한 삶을 돌이켜보면, 이깟 압박감 따위는 개나 줘 버
려야 했다.

우승이 처음도 아니건만 콘 페리 투어와 뭐가 그렇게 다
르다고 정상 스윙을 하지 못하는지, 그리고 샷 하나에 세
상을 다 잃은 것처럼 약한 모습을 보이는지, 깊은 반성이
필요했다.

"웬일로 팬들에게 다 반응을 해?"

"그들이 제게 힘과 용기를 주고 있잖아요."

"그래. 프로니까! 난 포기하지 않는 네 이런 모습이 정말
존경스러워. 크게 될 놈이라니까!"

"크! 그럼 제가 고맙다고 대답해야 하나요?"

"복이 많은 건 사실이지! 어디 나 같은 현명하고 섹시
한…"

"1절만 하시죠! 흐흐흐."

사실 경기는 다 끝난 것이나 다름이 없다.

벙커 샷 한 번, 그리고 퍼팅만 하면 끝이다.

물론 벙커 샷을 아주 우아하게 홀컵에 붙여 타수를 잃지 말아야 한다. 그리고는 1타 차가 된 조던 스피스의 마지막 홀 경기를 지켜보며 기다리면 된다.

조바심을 낼 필요도, 김칫국을 마실 때도 아니다.

상당히 깊은 벙커라서 들어가면 선수의 머리만 살짝 보이는 부담스러운 벙커 샷이었는데, 침착하게 완벽한 컨트롤로 결국 태주는 −18, 단독 1위로 경기를 마쳤다.

- 와아! 오늘만 무려 −9를 쳤습니다.

- 정말 무시무시하죠? 장담컨대, TJ는 언제 투어에 합류를 하든지 매번 우승 후보로 언급될 수 있는 최고의 기량을 갖춘 선수입니다.

- 이번에 우승하면 다음 주에 열리는 마스터즈에 참가할 수는 없겠지만, 그다음 주부터는 그가 PGA 무대에서 활약하는 것을 볼 수 있지 않나요?

- 네. 저도 오거스타 내셔널에서 보지 못하는 것은 많이 아쉽습니다. 하지만 가만히 돌이켜보면 정말 대단한 기록을 써 내려가고 있습니다. 그는….

브랜든 해설이 언급한 내용은 만화 같았다.

1월 셋째 주에 2부 투어 데뷔전을 치렀다. 그때부터 지금까지 11주가 지났는데, 그사이 5승을 거뒀고 또다시 첫 출전한 PGA 대회에서 우승을 눈앞에 두고 있지 않은가!

11주 동안 6개의 대회를 출전하는 것도 쉬운 일이 아니다. 그런데 태주는 남미와 아프리카, 일본까지 돌면서 거둔 성적이다.

실력은 둘째 치고 체력이 버틸 수 있는지도 의문이었다.

게다가 부상까지 당하지 않았던가?

"자! 이제 기다리면 되나요?"

"스코어 카드는 제출하고 와야지."

"아!"

스코어 카드를 제출하고 왔더니 스피스가 세컨샷 지점에 와 있었다. 계산해 보니 드라이브 티샷 비거리 331야드가 나왔다.

평소보다 강하게 쳤지만 그 정도 거리는 얼마든지 보낼 수 있다는 듯 페어웨이를 잘 지킨 훌륭한 티샷을 했던 것이다.

2온 공략을 노린다는 느낌을 받았다.

남은 거리는 280야드 안팎, 그가 과연 어떤 선택을 할지 궁금했다.

"어? 우드야. 3번 같은데?"

"우후! 이 난해한 홀에서 2온을 노린다고요?"

"너도 가능한 공략이잖아. 버디가 필요한 그로서는 선택의 여지가 없는 것이고. 그래도 스피스는 243야드를 유틸리티로 그린을 오버하진 않을 거야."

"으흐! 내 심장! 그만 후벼 파시죠. 이모!"

"바로 이모 소리가 나오지? 그나저나 심플해졌네. 이 샷으로 네 우승이 확정될 수도, 연장전을 준비해야 할지도 확정될 것 같아."

차마 역전은 언급하지 않았다.

2온을 해서 이글에 성공하면 재역전 드라마가 생성된다. 하지만 입이 방정인 상황이 펼쳐질까 봐 애써 뺀 것 같았다.

280야드는 3번 우드로 가볍게 칠 수 있는 거리가 아니다. 아직은 유리하다고 할 수 있는 상황인데, 스피스는 그런 생각이 쑥 들어갈 기가 막힌 샷을 선보였다.

개울을 아슬아슬하게 피한 방향과 탄도도 매우 좋았다.

- 굿 샷!

- 역시 스피스라는 말이 절로 터지네요. 상당히 까다로운 세팅과 부담스러운 거리 아니었나요?

- 네. 욕심이 화를 부르는 홀로 유명합니다. 하지만 그로서는 도전하지 않을 수 없는 입장이었는데, 기대를 저버리지 않는 매우 훌륭한 우드 샷이었습니다.

- 어! 어! 홀컵 방향으로 휘기 시작했습니다.

- 조금 짧겠네요!

브랜든의 예상은 정확했다.

그린에 올라선 공은 홀컵 방향으로 굴렀지만 마운드를 넘다 말고 멈춰 섰다. 조금만 더 강했다면 들어갔을지도 모를 기가 막힌 우드 샷에 이날 경기를 보러 왔던 모든 팬들의 우레와 같은 박수와 함성이 작렬했다.

강력한 우승 후보였던 그가 무난한 경기를 펼쳤음에도 무서운 기세로 치고 올라온 TJ에게 역전당하자 아쉬웠던 사람이 많았던 것이다.

하기야 자국 선수를 응원하는 것은 당연하다.

"미쳤네!"

"쉽지 않아. 그래도 몸은 풀어야 할 것 같아."

"6미터 내리막 퍼팅이라… 라인이 쉽진 않죠?"

"응. 저거 넣으려고 욕심 부리면 3퍼팅도 나올 수 있어. 붙일 가능성이 높다고 봐야지. 넌 스윙 좀 해 봐야 하는 거 아닌가?"

"스윙은 무슨!"

"어? 브라운. 어르신도 같이 오셨군요!"

"회장님이 내가 이번 주말에 얼마나 바쁜지 잘 알면서도 전화를 해서 살살 꼬드기더군. 홀딱 넘어간 내가 잘못이지만, 그래도 오늘 경기 참 재밌게 잘 봤어."

"거 참 말 많네. 영어로 해. 설마 내 흉을 보는 건 아니지?"

"그럴 리가요! 회장님은 혈색이 좋아지셨습니다."

"그런가? 요새 운동을 꾸준히 하고 있긴 한데, 자네 말을 들으니 왠지 더 힘이 나는군!"

오랜만에 만난 두 분과 담소를 나눴다.

사실 혹시 모를 연장전을 준비하고 있는 태주가 위치한 자리는 아무나 올 수 있는 구역이 아니었다.

하지만 두 명의 거물은 아무런 제지도 받지 않고 다가왔다. 오히려 경기를 마무리하러 마중 나왔던 주최 측 임원들이 슬슬 눈치를 보는 분위기였다.

두런두런 대화를 나누는 사이, 그린에 올라선 스피스가 퍼팅 라인을 살피기 시작했다. 대화를 나누면서도 시선은 모두 그쪽을 향할 수밖에 없었다.

말을 아끼고 있는 태주와는 달리 두 사람은 민감한 내용도 주저 없이 주고받았다.

"저 퍼팅에 많은 게 달렸군!"

"스피스도 지난 3년간 우승이 없었죠. 대체적인 성적이 좋은 올 시즌에는 우승할 수 있다는 평가가 많았는데, 마스터즈를 앞두고 텍사스까지 날아와 그 목표를 달성하는 줄 알았을 겁니다. 어렵게 잡은 이 기회를 놓치고 싶진 않겠죠."

"그럼 이글을 노리겠군!"

"전 그렇게 봅니다. 그래서 3퍼팅 가능성도 제법 된다고 보는 겁니다."

확실히 마틴의 분석은 날카로웠다.

하지만 통산 15승에 빛나는 스피스의 퍼팅은 길지 않았다. 라인 읽기에 오류가 있었는지, 아니면 연장전을 염두에 두고 붙이는 것에만 집중했는지, 탭 인 버디로 승부를 뒤로 미뤘다.

까다로운 18번 홀에서 버디를 잡음으로써 이제 도리어 그가 승부의 기선을 잡은 셈이 되었다.

연장전은 그가 성적이 좋았던 18번 홀에서 무한 반복하기 때문에 적잖은 부담이 밀려드는 것도 사실이었다.

"연장전 승부는 처음이지?"

"네. 아주 흥미롭습니다."

"흥미롭다고? 허허허! 정말 배포 하나는 천하제일이로군!"

브라운 회장도 연장 승부에 대해 흥분을 감추지 못했다.

하지만 의외로 마틴 문은 잠잠했다. 대체 무슨 생각을 하는지 몰라도, 이동하려던 태주에게 건넨 그의 의견은 독특했다.

"김 프로. 말이 필요 없겠지만 지금 상황에서는 절대 무리할 필요가 없을 것 같아."

"저도 그렇게 생각합니다. 이 18번 홀에서의 일대일 매치는 먼저 흥분하는 사람이 질 확률이 높다고 봅니다."

"난 통계와 심리적인 관점을 본 건데, 역시 감각이 좋군!"

"좀 있다 뵙겠습니다. 같이 식사나 하시죠."

"오! 좋지."

드디어 조던 스피스와 만났다.

환하게 웃으며 먼저 악수를 건네는 그의 나이는 사실 많지 않다. 19살에 프로에 데뷔해 일찍 성공한 케이스라서 많게 느껴질 뿐, 1993년생인 그는 아직 28살에 불과했다.

하지만 여유가 넘치는 태도에서 감지된 아우라는 이제껏 만나 본 선수들 중에 가히 최고였다. 하기야 역전을 당하고 다시 따라잡았으니 그 기분은 이해할 수 있었다.

그 여유가 방심을 불러오면 좋은데, 그렇지는 않았다.

"인품이 좋다고 알려졌는데, 다 이유가 있었어. 깍듯하네!"

"이모! 지금 적을 칭찬하는 겁니까?"

"잘생겼잖아! 하기야 외모로만 따지면 네가 우승이지. 흐흐흐."

"예상보다 몸이 좋네요."

"그건 쟤가 더 그렇게 생각할걸? 가까이에서 보면 더 잘 보일 테니까."

아너를 뽑으러 나오라는 경기위원의 말에 대화가 끊어졌다.

결과는 태주가 먼저 티샷을 하는 것으로 결정되었다.

만약 장타가 가능한 홀이었다면 기선 제압이 가능한 드라이브 장타를 선보였을 텐데, 태주는 뜻밖에도 3번 우드를 빼내 들었다.

"300, 250, 60으로 갈 겁니다."

"250?"

"아까 아쉬웠던 22도 유틸, 그거 잡아 보려고요."

"……."

대꾸는 하지 않았지만 그녀의 표정이 말해 줬다.

굳이 2온을 노리는 것도 아닌데, 왜 실수한 유틸리티를 다시 잡으려고 하느냐고.

하지만 입 밖에 내진 않았다. 이미 3번 우드를 잡은 태주가 티그라운드를 향해 몸을 돌렸기 때문이다.

최대한 부드러운 스윙으로 정확한 임팩트만 만들어 냈다.

잠시 쉬어서 그런지 거리는 의도한 것보다 짧았다. 하지만 페어웨이 정중앙을 잘 지킨 결과에 만족했다.

홍 프로도 미스 샷이 나오지 않은 것에 안도한 것 같았다.

"60이나 65나 그게 그거지!"

"저 친구는 드라이브를 잡네요."

"좀 전에 버디를 낚은 그 공략 그대로 가는 거지."

"제발 그렇게만 되라!"

"뭔 소리야?"

"일단 세컨샷으로 2온을 노릴 수 있는 상황이 되어야 한다고요. 만약 그런 상황이 되면 전 아이언으로 잘라 갈 겁니다."

"정말?"

태주는 대답 대신 고개를 끄덕였다.

아까는 기가 막힌 세컨샷이 나와 온 그린에 성공했지만 또 그렇게 멋진 샷이 나올 것이라고 장담하는 순간, 호환 마마가 끼어들 것이기 때문이다.

그런데 그의 티샷 결과가 좀 애매했다.

아까처럼 280야드가 남으면 3번 우드로 공략하려 들 것이고 미스 샷이 나올 가능성이 농후하다고 봤는데, 우측으로 밀린 타구는 거리 손실을 봐 290야드가 남아 버린 것이다.

"2온 공략은 하지 않을 것 같습니다."

"그럼 서드 샷 대결이 되겠네. 그런데 아까는 왜 유틸을 잡겠다고 한 거야?"

"거리가 길어서 그렇지, 타격감이나 방향은 좋았거든요. 제가 어떻게 치느냐에 따라 쟤가 우드를 잡을 가능성이 아직 있다고 봐야겠죠?"

"설마?"

"아닙니다. 사람의 마음이라는 것이 그래요. 좋았던 기억만 떠올리게 되어 있습니다. 유틸리티로 가죠!"

"317야드가 남았는데?"

"당연히 올릴 생각 없습니다. 그 대신 좌측 페어웨이를 이용할 겁니다."

"아하!"

개울이 페어웨이를 둘로 갈라놨다.

대다수의 선수들이 우측 페어웨이를 이용하는 이유는 개울을 건너더라도 일단 그쪽 페어웨이가 훨씬 넓어 좋아하는 거리를 남기기 수월하기 때문이다.

하지만 좌측 페어웨이는 폭이 좁은 대신 서드 샷의 방향이 좋다. 원하는 거리를 맞춘다면 경쟁 상대를 압박할 수 있다.

상대는 태주가 얼마의 거리를 남기는 걸 좋아하는지 모르기 때문에 페어웨이에 안착한 후에 아주 만족스러운 미소만 띄워 주면 되는 고도의 심리전을 전개하려는 것이었다.

골프의 신이 강림했다

2화. 4개 투어, 5개국,
6연승

골프의 신이 강림했다

"뭐지? 이 느낌은?"

차분하게 세컨샷 루틴을 밟아 나갔다. 22도 유틸리티로 아까와 같은 샷을 할 경우, 240야드 안팎을 날아갈 것이다.

왼쪽 페어웨이를 이용하려면 연못을 건너야 하지만, 180야드만 넘기면 되고 방향이 중요해 거리는 문제가 되지 않았다.

그런데 어드레스를 취하자 예의 초감각이 발동되었다.

가끔, 아주 가끔 결정적인 순간에 한 번씩 나타난 기현상이고 자의적인 발동이 가능하지 않았기에 기대하지도 않았다.

그런데 파란색도 아닌 붉은 궤적이 공간에 그려졌다.

'우측 러프야? 바람이 분다는 건가?'

방향을 왼쪽으로 살짝 틀었다.

그랬더니 붉은색이 하늘색으로 바뀌었다.

최선의 공략이라면 보다 시퍼런 색이 떠야 하는데, 기이했다. 지금 세컨샷은 위험할 이유가 없다고 판단했지만 그래도 어드레스를 풀고 우측 페어웨이를 에이밍 해 봤더니급기야 시퍼런 라인이 아름답게 허공을 수놓아졌다.

하지만 길게 생각하지 않았다.

"남자가 갑바가 있지!"

꼰대 같은 표현이 튀어나왔지만 자신이 있었다.

그래서 자신이 세운 스윙 플레인을 믿고 그대로 휘둘렀다.

페어웨이를 지키는 것이 중요했기에 탄도를 띄우지 않고방향성에 집중한 정확한 샷을 구사하려고 노력했다.

그런데 결과는 기대에 미치지 못했다. 분명 스윗 스팟에제대로 맞았는데, 타구는 생각보다 우측으로 휘더니 페어웨이 경계를 살짝 넘어 퍼스트 컷으로 기어 들어가고 말았다.

어이가 없고 실망스러웠으나 그런 샷이 도리어 상대의방심을 불러올 줄은 미처 몰랐다.

"뭐야? 3번 우드를 잡는데?"

"서드샷 대결을 하면 유리할 텐데, 왜죠? 그만큼 자신 있다는 건가? 개울이 있는데…."

"고맙지 뭐!"

조던 스피스가 2온을 노렸다.

아까보다 긴 거리이고 라이도 좋지 못했지만 태주의 공이 러프에 들어간 순간, 자신감이 치솟은 것 같았다.

보통은 반대의 심리가 작용할 텐데, 공교롭게도 그는 태주가 과도하게 긴장하고 있다고 판단한 것 같았다.

진정한 고수가 누군지 보여 주기라도 하겠다는 건가?

적어도 개울에 빠질 일은 없다고 생각한 것 같았다.

따앙!

경쾌한 타격음만 들어도 정타가 났음을 느낄 수 있었다.

하지만 태주의 입가에 희미한 미소가 번졌다.

오후가 되면서 바람이 강해진다는 말은 있었으나 이전 라운드에서는 느낄 수 없었다. 방금 전 마지막 홀을 돌 때도 타구에 영향을 미칠 정도는 아니었는데, 지금은 그렇지 않았다.

자신이 때린 회심의 유틸리티 샷도 휘어질 정도였기에 탄도도 더 높고 멀리 보낼 그 타구는 보나마나였다.

- 어? 페이드 샷을 했나요?

- 그럴 리가 없습니다. 굳이 페이드 샷을 할 이유도 없고 아무리 강하게 때려도 3번 우드로 290을 노리는데, 거리 손실이 있는 페이드 샷을 구사할 이유는 없습니다.

- 그럼 바람이군요! 아까 TJ 공도 밀리는 것 같았는데, 이건 너무 심하네요!

- 아! 위험합니다!

왜냐면 연못에서 흘러내려 가는 개울이 그린 앞에서부터 우측을 끼고 돌고 있기 때문에 밀리면 여지가 없기 때문이었다.

잘 맞은 것과는 별개로 딱 해저드에 빠질 정도만 휘었다.

그래도 러프에 떨어졌으나 머금고 있는 힘을 주체할 수 없었던 공은 결국 개울을 향해 여지없이 굴러 들어가고 말았다.

수천 명이 넘는 갤러리들이 운집해 있었는데, 누가 침묵을 강요라도 한 듯이 삽시간에 조용해졌다.

"마틴. 조던 스피스가 왜 우드를 잡은 걸까? 거리도 만만치 않았지만 온 그린을 노릴 편안한 코스 세팅이 아니었잖아?"

"교만이죠!"

"교만이라… 그것도 틀린 말은 아니지. 허허허!"

"다른 요인이 또 있다고 보십니까?"

"글쎄… 행운의 여신이 TJ에게 반한 것 같다고 하면 이상한 사람 취급을 당하려나?"

"아닙니다. 하지만 그런 불운도 뚫을 수 있어야 진정한 강자죠. TJ는 애당초 자신이 봤던 에이밍을 수정했습니다. 그 타구를 기껏 지켜보고도 바람을 감안하지 않은 응당한 대가를 치른 겁니다."

"아아! 맞아. 바람을 느낀 것 같더군. 사람이 많아서 그런가? 여긴 한 줌도 느껴지지 않잖아?"

합리적인 의심이었다.

행운의 여신을 운운했지만 브라운은 태주가 에이밍을 조절한 부분을 납득하지 못하는 얼굴이었다.

갤러리들이 빼꼭하게 몰려 있어 바람을 느낄 수 없지만, 드넓은 필드의 사정은 다르다 생각하면서도 태주를 보면 느껴졌던 신비한 기운이 작용한 것일지도 모른다는 생각도 했다.

기껏 플레이오프에 진출해 놓고 무리한 샷으로 해저드에 빠뜨리자 그의 표정은 세상을 다 잃은 것처럼 삭막했다.

그럼에도 불구하고 다시 기운을 차려 드롭할 위치를 찾

는 그를 보며 역시 성품이 좋다는 평판이 틀리지 않았다는 생각이 들었다.

"좋은 일을 많이 한다더니, 성격 무난하네요."

"아마 여동생이 어려서부터 병을 앓았다는 것 같아. 그래서 소아 질병을 지원하는 재단을 설립했다는 것 같더라고."

"선한 일에 동참하는 거, 바람직하죠!"

"말은 쉬워도 그러지 쉽지 않잖아."

"네."

4번째 샷이 들어가면 버디를 기록할 수도 있다.

35야드 칩 샷이니 가능성이 전혀 없는 것도 아니지만 지금 상황에서는 들어가기 매우 어려울 것이라고 봤다. 때문에 보다 편안한 마음으로 67야드 칩 샷을 하게 되었다.

러프였지만 크게 문제될 상황은 아니었기에 샌드웨지를 잡은 태주는 완벽한 스윙을 완성했고 결과도 아주 좋았다.

- 와우! 러프에서도 스핀을 자유자재로 먹이는군요!

- 헤비 러프가 아니라면 스핀 양 조절 기량은 갖춘 선수라고 봐야 합니다. 그나저나 정말로 우승을 하게 되네요!

- 아! 그러네요. 이제 6연승인가요?

- 데뷔전부터 시작했다는 사실이 놀랍습니다. 아주 오래

전 바이런 넬슨이 11개 대회 연속 우승이라는 전무후무할 기록을 세웠고 2006-2007 시즌에 타이거 우즈가 7개 대회 연속 우승을 거둔 믿기 힘든 기록이 있지만, 그건 다 전성기 때입니다.

- 그럼 TJ는 데뷔와 함께 전성기를 달리는 것이라고 보면 되지 않을까요?

- 흐흐. 보통 루키가 우승을 해도 연승은커녕 다승도 어렵습니다. 투어 분위기, 코스 적응 등 고려해야 할 사항이 너무 많기 때문이죠. 그건 TJ도 마찬가지일 텐데, 그래서 더 놀랍다는 겁니다.

태주가 2m 안쪽으로 붙여 버디 기회를 만들자 스피스도 빠른 루틴으로 비슷한 거리에 붙였다. 보통 그럴 경우 우승 퍼팅을 배려하는데, 먼저 그린에 오른 태주는 버디 퍼팅을 먼저 했다.

그가 퍼팅하기를 기다리는 모습이 그에게 짜증스러울 것 같았기 때문이다. 실수라도 하면 후회할 일이지만 방금 전에 퍼팅을 했던 홀이어서 실수는 용납되지 않았다.

버디로 우승을 확정지은 태주가 세리머니를 하지 않고 그의 마크를 집어 건네며 쑥스러운 감사의 말을 전했다.

"수고하셨습니다."

"축하해요. 화면과 소문으로 듣던 것보다 더 대단하군요."

"감사합니다. 이제 자주 뵙기를 소망합니다."

"아! 그러려면 분발해야겠군요. 하하하."

"같이 팬들에게 인사하시죠."

"그럴까요."

2위도 대단하지만 주인공은 오로지 한 명이어야 한다.

하지만 태주는 연장전을 함께 한 스피스와 짧지 않은 대화를 나눴고 나란히 서서 하루를 같이 보낸 팬들에게 머리 숙였다.

스피스도 싫어하는 기색은 아니었다.

2018년 마스터즈 3위, 2019년 PGA 선수권대회 공동 3위, 그리고 지난해는 8위가 가장 좋은 성적이었다.

그의 명성에 비하면 매우 초라한 성적이기 때문에 이 대회 우승이 더 간절했을지도 모른다. 하지만 본인 스스로 만족한다는 말을 남겼다.

[파죽의 6연승! PGA에서도 통한 TJ의 천부적 재능!]

[-1, -3, -5, 그리고 -9. 드라마틱했던 그의 텍사스 오픈]

[보기 드문 명승부! 스피스도 인정한 TJ의 월등한 경기력]

[기다리다 지쳤나? 그냥 빼어 버렸다. PGA 투어 카드]

[믿기 힘든 신기록! 11주 안에 4개 투어 출전, 모두 우승!]

텍사스 오픈을 우승하지 못했다면 나오지 않았을 기사들이 사방에서 특종이라는 이름 아래 터졌다.

팬들의 이목을 집중시킬 요소들이 찾아도, 찾아도 자꾸 나왔기 때문이었다.

가장 큰 타이틀은 6개 대회 연승이지만, 현대 골프에 접어든 이후 우즈가 세운 7연승이 있어 대단해 보이지 않는 착시 현상이 있었다.

하지만 함께 경기했던 선수들이 인정한 월등한 기량은 두말할 나위가 없었고, 3달도 되지 않는 짧은 기간에 4개 투어 우승 기록을 세운 것, 그리고 6번의 우승이 5개 국가에서 이뤄졌다는 점도 흥미를 더하는 요소였다.

"거봐! 내가 뭐랬어!"

"고마워. 이게 다 마누라 잘 얻은 덕이지!"

"크의! 기분은 좋은데, 그런 말 너무 아재 같아. 그럼 이제 건너올 거지?"

"아니. 못 갈 것 같아."

"왜? 해야 할 일이 있어."

삽시간에 얼어붙는 분위기에 섬뜩했지만 태주는 콘 페리 투어 대회를 한 번 더, 마지막으로 참가하고자 했다.

어차피 PGA 투어 대회 우승을 거뒀기 때문에 세트 출전은 불필요했지만, 같은 텍사스 알링턴에서 열리는 베리텍스 챔피언십에 출전하는 것이 의무라는 생각이 들었기 때문이다.

누가 뭐래도 콘 페리 투어는 자신에게 소중한 기회를 준 투어이고, 다시는 밟을 일이 없다는 생각을 하자 뭐래도 기여해야겠다는 생각이 들었기 때문이다.

가까운 Texas Rangers GC가 아니었다면 그런 생각이 들지 않았을지도 모르지만, 시상식에서 만난 커미셔너에게 그 결정을 전하자 그는 덥석 포옹까지 하면서 고마운 마음을 전했다.

"굳이 그럴 필요가 있어? 유라도 이해하지 못할 텐데?"

"아닙니다. 설명했더니 이해해 주던데요?"

"여자의 언어를 오해한 건 아니고?"

"흐흐. 아닙니다. 그 대신 소원 하나 들어주기로 했어요. 아마도 여행을 가자고 할 것 같습니다."

"여행? 아! 부럽다 부러워!"

"같이 가면 되죠."

"됐거든! 무슨 구박을 받으라고!"

뜻깊은 시상식을 마친 태주가 오랜만에 기자들 앞에 섰다.

어차피 이젠 이 번거로운 행사를 달고 살아야 한다.

때문에 기자들을 요령껏 상대할 필요가 있었다. 다행히 임성준이 그런 일에 전문성을 발휘해 차분한 마음으로 인터뷰 룸에 들어설 수 있었다.

  아무 무리 없이 사회자의 역할을 소화하는 그의 유창한 영어 실력이 부럽다는 생각도 들었다.

  − 정말 대단한 기록을 달성하셨는데, 초반 부진이 일본에서 입은 부상 때문이라고 알려져 있습니다. 사실인가요?

  "축하부터 해 주실 줄 알았는데, 여지없군요. 하하하! 네, 그렇습니다. 부상은 예상보다 빨리 회복되었는데, 문제는 샷 감각이 돌아오질 않아 애를 먹었죠. 저도 당황했고 그나마 실전을 통해 빨리 감각을 되찾은 것은 행운이라고 생각합니다."

  − 일각에서는 그거 다 쇼라는 말도 있는데, 그에 대한 입장은 없으신가요?

  "쇼라… 그렇게 보고 싶은 분들이 계시다면 굳이 변명하고 싶지 않습니다. 여러분도 보지 않았나요? 실제 말도 되지 않는 부상은 있었고, 그로 인해 어려움을 겪은 것도 사실입니다. 그다지 좋은 일이 아니라서 그 얘기는 이제 그만하시죠."

첫 단추부터 밀려 끼운 느낌을 지울 수 없었다.

차별은 어쩔 수 없지만 이렇게 큰 반감을 가진 기자들이 있을 줄은 미처 몰랐다. 같은 현상도 어떤 시선으로 보느냐에 따라 달라지고 같은 말도 표현 하나에 다르게 받아들여질 수 있는데, 첫발부터 엇박자가 나면 좋지 않아 애써 흥분을 가라앉혔다.

기자들에게 잘 보이려고 일부러 대접하는 이들도 있다는데, 그럴 생각은 없지만 그래도 대인배의 풍모를 보여 주는 것이 바람직하다고 믿고 참았다.

하지만 PGA 첫 승을 거둔 선수에게 모진 질문이 이어졌다.

- 타이거 우즈를 능가하는 황제가 탄생할 거라고 떠드는 이들도 있던데, 본인 생각은 어떤가요?

"프로 골퍼는 입으로 떠드는 사람이 아니고 결과로 보여 줘야 하는 존재라고 생각합니다. 응원과 격려해 주시는 분들의 기대에 부응할 수 있도록 최선을 다하겠습니다."

- 그 말은 타이거 우즈를 능가할 자신이 있다는 건가요?

"결과로 이룬 것만 언급하고 싶습니다. 사람은 누구나 원대한 포부를 품을 수 있으며 꿈이 커야 더 큰 노력을 경주할 수 있기 때문에 골프 황제라고 칭송받는 그를 목표로

삼는 것은 나쁘지 않다고 생각합니다. 다만, 제 우상은 그가 아닙니다."

　최대한 분노를 억제한 현명한 대답으로 대응했다.
　그런데 이번에는 그게 누구냐고 물고 늘어졌다.
　아마도 세계적인 전설의 이름을 기대한 것 같은데, 태주는 다음에 기회가 닿으면 자세하게 설명하겠다고만 말했다.
　오해의 소지가 있는 생각이었기 때문이다. 두 명인데, 그중에 한 명이 결국 자신이기 때문에 더더욱 입이 떨어지질 않았다.
　다만 이런 말은 했다.
　"전설은 위대하지만 전설이 아니라고 다 가치가 없는 것은 아닙니다. 끊임없이 도전하는 삶은 그게 누구든 존중받아 마땅하다고 생각합니다."
　지나치게 편파적인 분위기가 길어지는 것이 부담스러웠는지 사회를 보고 있던 임 팀장이 나서 질문할 기자를 직접 지목했다.
　지금 한국은 새로운 스타의 탄생을 뜨겁게 축하하는 분위기였기에 한국 기자를 선택한 것은 시기적절해 보였다.
　하지만 그는 경기력이나 차후 일정에 대한 화제가 아닌

지극히 사적인 관계, 특히 상도의 뒤를 잇는 것에 대한 찬사와 아첨에 가까운 극찬만 늘어놓아 되레 얼굴이 화끈거렸다.

보기 딱했던 것일까? 아니면 오랜만에 나타난 대형 스타가 잘 커야 PGA가 산다는 생각을 했기 때문일까?

기자들 뒤에 서서 구경하던 PGA 커미셔너 제이 모나한이 앞으로 걸어 나와 태주와 악수를 나눈 뒤 옆자리에 앉았다.

그리고는 사회자에게 양해를 구하고 마이크를 들었다.

"몇몇 기자분들은 너무 예의가 없으시군요! 저는 TJ KIM에게 고마운 것이 한두 가지가 아닙니다."

– 중립을 지켜야 할 커미셔너가 직접 나서서 극구 칭찬하실 만큼 대단한 선수인가요? 사실 이번 대회 초청도 커미셔너의 배려라는 말이 있던데, 공정한 처사가 아니지 않나요?

"오호! 저희 전담 채널인 NBC 기자분이 그런 말을 하다니, 정말 어이가 없네요. 이번 대회에 초청 선수는 모두 12명이었습니다. 왜 매 대회마다 자격 없는 선수를 초청하는 겁니까?"

– 그야 대회 흥행을 위해서 아닌가요?

"그렇죠. 하지만 초청받은 12명 중에서 무려 10명이 컷 탈락을 당해 대회 흥행에 아무런 도움을 주지 못했습니다. 그런데 TJ는 어땠나요?"

말이 필요 없었다.

마스터즈 전 주에 열리기 때문에 최상위권 선수들이 대거 불참하는 바람에 전통의 대회임에도 언론의 주목도가 낮았다.

하지만 마지막 라운드의 경우는 보기 드문 시청률이 나오면서 언론의 열띤 관심을 받았는데, 그 공은 오로지 태주에게 있었다.

초청 선수에게 요구되는 주최 측의 바람을 충족시키고도 남았다는 말에 엉뚱한 소릴 했던 기자는 더는 대꾸하지 못했다.

그런데 그게 끝이 아니었다.

"그가 오늘 시상식장에서 제게 정말 감동 어린 말을 했습니다. 궁금하시죠? 그는 이번 우승으로 이제 더는 하위 투어를 뛰지 않아도 됩니다. 하지만 그는 다음 주에 열리는 콘 페리 투어에 출전하겠다고 자청했습니다!"

- 어차피 마스터즈에 나가지 못하니 한 푼이라도 더 벌

려고 그런 것으로 해석할 수도 있지 않을까요? 그에게 2부 투어는 만만해 보일 테니까요!

"돈을 벌려고 2부 투어를 뛴다고요? 우승 상금이 겨우 12만 달러인데요?"

- 알링턴에서 열리니까 추가 비용도 적어서 꿩 먹고 알 먹으려는 수작 같은데, 지나치게 호의적인 시선을 가지셨네요!

그래도 막강한 권한을 가진 커미셔너인데, 기자도 심할 정도로 반대 의견을 밝혔다. 그건 오로지 외국 선수에 대한 반감에 기인한 만용이 아닌가 싶었다.

그런데 바로 반박을 할 것 같던 제이는 말을 하기 전에 태주와 시선을 마주쳤다. 뭔가 허락을 구하는 것 같더니 참을 수 없다고 생각했는지 다소 흥분한 어조로 충격적인 말을 던졌다.

"이보시오. 폴. 말을 그렇게 함부로 하는 게 아닙니다. TJ가 비밀로 해 달라고 해서 그러려고 했는데, 당신의 같잖은 말을 듣고 도저히 참을 수가 없네요."

"……."

"TJ는 이번 대회 상금 전액을 어린이 질환 지원재단에 기부했습니다. 무려 140만 달러를 기부한 그가 겨우 몇만 달러 벌겠다고 2부 투어에 나간다고요? 그런 걸 바로 편견이라고 하는 겁니다!"

기자회견장이 일순 조용해졌다.

태주와 경쟁한 조던 스피스가 칭송받고 팬들의 진심 어린 격려를 받는 이유는 그가 좋은 일을 많이 행하기 때문이다.

그런데 태주는 자기 이름의 재단을 세워 세상에 알린 것도 아니고, 거금을 아무도 모르게 기부했다는 말에 할 말이 없었던 것이다.

게다가 치열하게 경쟁했던 스피스가 세운 재단에 기부했다는 사실까지 유추한 기자들은 삽시간에 태세 전환에 나섰다.

그래 봐야 정상적인 우승 인터뷰였지만 쑥스러워진 태주는 최대한 짧게 대답하며 기자회견을 서둘러 끝마쳤다. 그 선행으로 인해 2부 투어 출전에 대한 평가도 달라졌다.

"언론마다 자네더러 '의리의 사나이'라고 도배를 하는데?"

"왜 그러십니까. 아실만한 분이."

"뭘 알아? 자네 집안이 부자라는 거? 선행은 왼손도 모르게 베풀어야 한다는 거?"

"그 얘긴 그만하시죠. 너무 거액이라서 자꾸 생각하면 아깝다는 생각이 들지도 모릅니다."

"크크. 브라운 회장님. 이 친구가 우릴 부끄럽게 만드네요. 돈은 어떻게 버느냐보다 어떻게 쓰는지가 중요하다는 말이 있는데, 참 폼 나게 쓰지 않습니까?"

"그 몇 배, 몇십, 몇백 배의 효과를 거둘 걸세. 제이가 아주 절묘한 수를 쓴 거 같아. 허허허!"

슈퍼 루키의 PGA 첫 승 인터뷰치곤 좀 특이하긴 했다.

그래도 그 상황을 연출했다고 보긴 어렵다. 다만 예정에 없던 커미셔너가 우승자 인터뷰에 끼어든 것은 매우 보기 드문 장면이라고 보는 것이 옳다.

또한 그가 마지못해 던진 것 같은 두 가지 발언은 태주에게 상당히 큰 이득이 될 내용이었다.

개인적인 이미지 개선에 보탬이 될뿐더러 슈퍼스타의 탄생이 PGA 전체를 위해서도 이득이 될 것이라고 판단한 매우 영리한 행동이었다고 브라운은 평가했다.

노회한 그의 안목을 엿볼 수 있는 장면이었다.

"저도 끼워 주십시오."

"뭘?"

"두 분이 내일 세기의 대결을 펼친다면서요?"

"자넨 알링턴으로 가야 하잖아?"

"같이 가시면 되죠. 설마 레인저스 GC 부킹이 안 됩니까?"

같이 골프를 치겠다는 말도 놀랍지만 대회를 앞둔 코스의 부킹이 되지 않느냐고 묻는 것이 사실은 더 놀라웠다.

당연히 일반인 부킹이 허락될 리가 없기 때문이다.

하지만 브라운도, 마틴도 씩 웃었다.

된다는 의미였다. 입술로 시인하진 않았지만.

그런데 대회 준비를 해야 할 태주도 노인들의 대결에 끼어들겠다는 말도 상당히 의외였다. 굳이 그럴 필요가 없고 이동 거리가 아무리 짧더라도 하루 정도는 푹 쉬는 것이 좋은데, 뭔가 있다는 느낌을 줄 수밖에 없었다.

"PGA 투어 프로와 함께 플레이를 하려면 초청 비용을 지불해야 하는 거 아닌가?"

"아! 그러네요. 사실은 필드 레슨이 될 테니까 바라는 게 있겠죠. 뜸 들이지 말고 속 시원하게 말해 보게."

"이래서 경륜이 무서운 거군요. 하지만 저는 그저 고마운 마음을 표현하고 싶을 뿐입니다. 아까 벌타 취소, 그거 두 분의 작품 아닙니까?"

"허허!"

브라운 회장은 전후 상황을 솔직히 밝혔다.

마틴 문의 작품이라고.

그게 승부에 영향을 미친 것은 부정할 수 없는 사실이다. 또한 경기가 끝난 후에도 그에 대한 비판은 거의 없었다.

문 회장의 탁월한 능력이 유감없이 발휘된 사건이라고
보는 것이 합당했다.

그러나 더 주목할 부분은 태주가 그런 사실을 명확히 인
지하고 있으며, 감사한 마음을 말이 아닌 행동으로 보여
주려고 한다는 사실이었다.

하지만 마틴은 가볍게 받아넘겼다.

"공정한 경기가 모두를 위해 바람직하기 때문일 뿐일
세."

"힘 있는 사람의 뚜렷한 의지가 세상을 바꾼다는 말이
이해가 됩니다. 어찌 되었든 저로서는 든든합니다. 그저
제게 이득이 되어서가 아니라 많은 이들이 올바른 생각을
지지하기 때문이며, 그걸 주도할 어르신 같은 분들이 계시
다는 것이."

"이 친구가 사람 낯 뜨겁게 하는구먼!"

"마틴. 지금보다 나은 기회는 없는 것 같은데? 자네야말
로 뜸 들이지 말고 TJ의 손을 잡게."

태주는 브라운의 발언이 무슨 말인지 언뜻 이해가 되지
않았다. 하지만 이내 알아들었다.

임 팀장을 통해 마틴 문의 심중을 파악했기 때문이었다.
그런데도 그에 대해 언급하거나 깊이 생각해 본 적은 없는
데, 오늘 사건을 통해 긍정적인 생각을 하게 된 것도 사실

이었다.

든든한 백 그라운드, 적어도 그건 확실했다.

하지만 마틴은 아까 꺼낸 말처럼 낯 뜨겁다면서 언급을 회피했다. 추진력이 매우 강한 평소 그의 성품을 고려하면 아주 이상한 태도라고 할 수 있었다.

태주도 구태여 입에 올리진 않았다.

그게 아쉬웠을까?

그날 밤 알링턴으로 이동하기 위해 짐을 모두 챙겨 차에 오르려는데, 뜻밖의 인물이 나타났다.

"TJ!"

"헬렌! 오랜만입니다."

"혹시 제가 탈 자리가 있나요?"

"물론입니다. 뒤에 타시죠."

"고마워요."

임 팀장이 핸들을 잡았고 홍 프로가 앞좌석에 탔다.

그리고 태주는 헬렌과 나란히 뒷좌석에 앉았다.

보기 드문 아름다운 금발을 지녔으며 모델 저리 가라 할 바디와 우아한 미모를 지닌 그녀는 어딜 가나 눈에 띈다.

유라가 시샘을 할 정도지만 그녀의 나이는 보기와 달리 서른세 살이었다. 이혼 경력도 있고 아들도 한 명 있었다.

또한 한 번 얽힌 적은 있으나 깔끔한 관계였다.

그럼에도 불구하고 가까이 앉자 알 수 없는 감정이 물씬 느껴졌다. 딱히 뭐라고 짚긴 어렵지만 본능이 아닌가 싶어 애써 헛기침을 하며 마음을 가다듬었다.

"늦었지만 우승 축하해요!"

"고맙습니다."

"아빠의 감이 얼마나 무서운지 새삼 느꼈어요. 어떻게 매번 그렇게 우승을 할 수가 있죠?"

"흐흐. 운이 좋았습니다."

"이제 겸손할 때는 지나지 않았나요? 이미 투어 카드를 획득했고 누구나 인정하는 실력자임이 증명되었는데?"

"겸손이 아니라 삶을 대하는 태도의 차이입니다."

솔직한 생각을 뱉었는데, 헬렌은 대꾸하지 못했다.

금발이지만 그녀는 마틴 문의 여러 자식들 중에 가장 부친의 성격을 빼다 박은 듯이 닮았다는 평가를 받는 막내딸이다.

자신감을 드러내는 것에 주저함이 없고 도전적이며 철두철미한 성격인데다 부친보다 악랄하다는 평판까지 듣고 있다.

때문에 그런 말을 듣는다면 곧바로 반발할 가능성이 높다. 누가 옳고 그르고의 문제는 아니기 때문이다.

하지만 알 수 없는 의미가 담긴 미소를 피운 그녀는 고개를 돌려 태주를 빤히 쳐다볼 뿐이었다.

"제 얼굴에 뭐가 묻었습니까?"

"네. 이거."

묻었을 리가 없다.

하지만 그녀는 뭔가를 떼어 주는 제스처를 취하며 태주의 볼을 살짝 터치했다. 그 묘한 느낌에 심장이 날뛰었다.

그녀에 대해 조사한 임 팀장도, 헬렌의 미모가 유난히 신경 쓰이는 것 같은 홍 프로도 조용히 앉아 뒤에는 신경 쓰지 않는 것 같았으나, 모든 신경이 쏠려 있음을 알고 있었다.

하지만 딱히 취할 수 있는 조치는 없었다.

설레어서는 절대 아니다.

"그런데 무슨 일로?"

"아! 감은 잡으셨겠지만 계약서 초안이에요."

태주는 아무 반응 없이 그녀가 건넨 서류를 훑어봤다.

더 에이스(The ACE) 에이전시가 준비한 내용은 대단했다.

메인 스폰서와 서브 스폰서 8개가 벌써 준비되어 있었다. 아직 에이전시 계약도 맺지 않았는데, 어떻게 했는지 신기할 따름이었다.

"아디다스가 테일러 메이드를 팔지 않았나요?"

"팔았어도 협력할 때는 해야죠. 좋은 모델만 있다면."

"그런데 가장 중요한 게 빠져 있군요."

"아! 그건 저희가 아니라 TJ가 적어야 한다고 배려한 거죠."

"제 마음대로 적어도 됩니까?"

"물론 참조할 데이터는 드릴게요."

"그 데이터부터 봅시다."

메인 스폰서와 서브 스폰서의 지원 금액이 빠져 있었다.

확정된 보장 금액과 보너스 조건이 가장 중요하다. 최고 대우라는 전제는 깔았지만 공개된 유명 프로 골퍼들의 몸값을 정확히 알지 못하면 책정하기 쉽지 않았다.

그동안 적잖은 제안이 있었다.

에이전시가 없다 보니 CW 박찬우 대표를 통해 들어왔고 그간의 정리를 고려해 CW와 계약할 의향도 없지 않았다.

하지만 노는 물이 다른 하이클래스가 있음을 알고 난 뒤로, 그 계약은 성립할 수 없었다. 지금 헬렌이 보여 준 것과 같이 스폰서들이 공란으로 위임할 만큼 큰손이 있었던 것이다.

"PGA 투어 시드만 있어도 스폰서가 3, 4개 붙는다는 말은 헛소리군요."

"그렇죠. 125위 안에는 들어야 200만 달러 정도 보장받아요. 캐릭터가 독특하거나 특별한 재주가 있어서 화면에 자주 노출되는 경우는 다르지만 일괄적으로 말하긴 힘들어요. 하지만 당신은 그런 레벨과는 상관이 없잖아요?"

"그런데 뭐가 이렇게 복잡합니까?"

최고의 주가를 올리고 있는 현역 선수의 경우도 대단한 금액을 써 놨지만, 그걸 받기 위한 조건이 매우 까다로웠다.

환상적인 성적을 내면 일확천금이 주어지지만 성적을 내지 못할 경우에는 기대에 미치지 못하는 보장에 만족해야 한다.

그 와중에도 거금을 벌어들이는 선수가 몇몇 있었지만, 타이거 우즈와 비등한 권리를 누리는 선수는 보이지 않았다.

1996년 프로로 전향하며 애송이였던 우즈에게 나이키가 안겨 준 5년 4천만 달러, 보너스 750달러 같은 파격적인 계약을 누리는 선수는 없었다.

"시장의 성장과는 동떨어진 현상이군요!"

"그렇죠. 상금 규모는 3배 이상 커졌는데, 선수들의 대우는 그에 미치지 못하죠. 슈퍼스타의 부재가 부른 독특한 현상이라고 생각해요."

"슈퍼스타가 없다고요?"

"네. 누구 한 명을 지목하기 힘들고 떠오르는 사람이 많다는 것은 그들이 모두 슈퍼스타는 아니라는 의미 아닌가요? 긍정적인 측면도 있어요. 이젠 프로 골퍼들이 상금만으로도 버틸 수 있는 환경이 되었잖아요."

하기야 1990년만 해도 연간 상금 수입이 100만 달러가 넘는 프로 골퍼는 2명에 불과했다. 하지만 지금은 PGA투어 소속 265명의 평균 상금 수입이 133만 달러(약 16억 원)이다.

상금의 특성상 선수들 간의 금액 차이가 워낙 크기 때문에 평균보다는 중간값이 일반적인 평균 연봉의 의미에 더 가까운데, 이 경우도 이미 200만 달러를 훌쩍 넘었다.

PGA투어 골퍼로 부상 없이 꾸준하게 대회에 출전해 카드를 잃지 않을 정도의 성적을 올리면 생활은 보장된다는 말이다.

그렇지만 최상위권 선수들이 누리는 수입은 여타 스포츠에 비해 오히려 떨어지는 것이 사실이었으며, 그만큼 슈퍼스타가 부재하다는 의미로 해석할 수 있었다.

"계약 기간부터 정합시다."

"그 말씀은 우리와 계약할 의지가 있다는 말로 들리는데, 그런가요?"

"네. 조건만 맞는다면 기꺼이."

"좋아요. 그럼 하나씩 풀어 보죠."

논의가 시작되자 태주는 다른 사람처럼 보였다.

마치 이 순간을 기다려온 사람처럼 자신의 생각을 개진해 나갔는데, 헬렌은 물론 귀를 쫑긋하고 있던 측근들도 놀랐다.

지금도 대단한 위상을 확보했으나 추후 가치는 더 높아질 것이라고 믿고 있기에 더 에이스가 제안한 5년 계약은 씨알도 먹히지 않을 기간이었다.

그들로서도 리스크를 줄일 수 있기 때문에 2년으로 합의했다. 다만 우선협상권을 보장하는 대신, 모두가 상상하는 이상의 금액이 결정되었다.

[계약금 1000만 달러/ 연봉 1000만 달러/ 2년 계약]

평균 연봉을 높이는 것에 대한 부담 때문에 계약금으로 대체하는 묘안을 찾았다. 슈퍼스타로 인정받는 금액이긴 하지만 연간 180억 원이 대단한 금액은 아니라는 것에 공감했다.

물론 광고를 찍으면 그만한 수입이 더 나올 테고 추가적인 서브 스폰서가 생기면 수입은 그에 비례해서 증가할 것이다.

그러나 더 주목할 부분은 공개 여부를 확정하진 않았으나 성적에 따른 보너스 지급 옵션이었다.

[우승 100%, 챔피언 조 출전 75%, 톱 10 진입 50%]

명목 상금 기준이었다.

우승 상금이 100만 달러에 미치지 못하는 대회들도 있지만, 통상적인 PGA 투어 대회 우승 상금은 150만 달러 선이며 메이저 대회는 220만 달러를 넘긴 지 오래다.

우승 상금은 세금이 왕창 빠지고 캐디 몫을 비롯한 여러 비용을 떼야 하지만, 명목 상금만큼 보너스를 받는다면 무시할 수 없는 수입원이 될 것이다.

계약이 없어 무의미하지만 이미 우승한 텍사스 오픈의 경우도 140만 달러의 추가 수익이 발생하기 때문에 얼마든지 폼 나게 기부하고도 거금을 챙길 수 있는 결과를 얻게 된다.

"메인 스폰서와 서브 스폰서들에게 비율대로 분배시키면 기꺼이 동의할 겁니다. 그 이상의 광고 효과를 볼 테니까요."

"가급적 기본 광고 외에는 찍지 맙시다."

"그거 굉장한 수입원인데요?"

"못 벌어도 좋습니다. 그 시간에 투어에 더 전념하는 것이 올바른 방향이라고 생각한다는 점을 유념해 주십시오."

"그럼 이제 한 가지 남았네요."

다 끝난 줄 알았는데, 중요한 것이 남아 있었다.

바로 인력 지원에 대한 협의였다.

통상 에이전시에서 감당하는데, 에이전시가 없는 태주는 이미 웬만한 슈퍼스타도 누리지 못하는 팀이 보조하고 있었다.

비용으로 환산하면 상당한 금액이었기에 선뜻 나서지 못할 것이라고 생각했는데, 통 큰 제안을 했다.

"전문 캐디의 기본 급여, 로드 매니저와 셰프의 급여는 저희가 감당할게요."

"고맙습니다만 인사권과 업무 간섭은 허용할 수 없습니다."

"네. 팀워크가 워낙 좋아 그럴 것이라고 생각했어요. 다만 원활한 의사소통을 위해 저희 측 전담 매니저가 한 명 있어야 하는데, 그 포지션을 어떻게 잡는 게 좋을지 묻고 싶어요."

"필요 없습니다. 우리 임 팀장이 연락관의 역할을 무난히 수행할 수 있을 겁니다. 추후 긴밀한 의사소통이 필요

하다면 직원을 통할 게 아니라 문 회장님이나 헬렌이 직접
연락을 주십시오. 우리가 그런 격조 없는 사이는 된다고
생각하는데, 아닙니까?"

의외의 말이었던가?

헬렌이 크게 소리 내어 웃었다. 격조 없는 사이라는 말
에 공감할 수 없다는 태도여서 말을 한 태주도 당황스러웠
다.

마틴과는 그렇지만 자신은 그렇지 않다는 항변처럼 느껴
졌는데, 조용히 듣고만 있던 홍 프로가 뒤를 돌아봤다.

마치 그게 무슨 수작질이냐는 듯, 매서운 눈빛을 보이자
헬렌도 머쓱한 웃음을 멈췄지만 그 상황이 어색한 것은 부
정할 수 없었다.

그때, 태주의 결정적인 한마디가 떨어졌다.

"한국말을 아시니까 앞으로는 제가 부담 없이 누나라고
부르겠습니다."

"누나요?"

"네. 10살가량 많은데, 이모나 누님이라고 불러야 하나
요?"

"뭐, 뭐라고요?"

"하하하. 직원을 거치지 말고 무슨 일이 생기면 바로바
로 연락을 주십시오. 괜한 오해나 불편이 생기지 않는 것

이 서로에게 좋지 않겠습니까."

"알았어요. 그렇게 하죠."

매우 중요한 결정이 내려졌다.

어차피 체계적인 관리가 필요했다.

외국인이기에 겪을 수 있는 불편이나 투어 일정에 대한 협의, 더 위상이 높아지면 다양한 수익 사업을 알아서 처리해 줄 것이다.

또한 프로라면 당연히 따라붙을 스폰서 문제는 더 에이스라면 믿고 맡길 수 있기 때문에 한숨 덜었다고 봐야 했다.

마틴 문과의 인연이 자신의 꿈을 이루는 데 어떤 몫을 감당할지 시간을 두고 고심했고, 이젠 적어도 대등한 위치에서 협상할 수 있는 여건이 마련되었다고 판단한 것이다.

"이제 우리 한 팀이 되었네요?"

"우린 식구라는 표현을 씁니다. 물론 여러 선수들을 관리하는 회사의 방침이 있겠지만 전 적어도 그런 굳건한 신뢰의 마음으로 서로 다가가야 한다고 생각합니다."

"무슨 말인지 알겠어요. 그럼 발표는 언제로 할까요?"

"일단 오늘 논의한 내용을 정리해서 최종 계약서가 나오면 서로 사인하고 그 후로는 어느 때든 상관없습니다."

"좋아요."

샌안토니오에서 알링턴까지 꽤 멀었다.

그로 인해 생각지도 못한 긴 대화를 나누게 되었는데, 헬렌이라는 사람에 대한 이해가 높아졌고 친해진 계기가 되었다.

역시 사람은 겉모습만 보고 판단하면 안 된다는 것을 확인한 시간이었다. 빈틈없어 보였던 그녀가 마음을 터놓고 사적인 이야기를 나누게 되자 은근히 허당인 모습을 보였다.

특히 아들 자랑에 여념이 없었는데, 5살인 리처드는 얼굴을 본 적도 없는데 어떤 아이인지 연상이 될 정도였다.

게다가 무척 피곤했는지 이야기를 하다가 갑자기 코를 골며 잠이 드는 바람에 쓴웃음을 짓게 만들기도 했다.

"그러니까 2년 동안 보장금액만 3000만 달러인 거지?"

"어? 이모가 그 영어를 다 알아들은 겁니까?"

"야! 날 뭘로 보고! 그나저나 엄청나네!"

"아직 멀었습니다. 그래서 2년 계약만 한 겁니다."

"태주 오빠! 돈 많으면 오빠지, 그럼!"

"헐! 좀 참아 주세요. 아직 확정 발표된 것도 아닌데, 외부에 알려지지 않게 신경 써 주시고요."

"알았어. 근데 벌써 입이 근질근질해 죽겠는데 어쩌지?"

"사실 그 정도 보장금액은 최상급 선수들은 다 받는 겁니다. 제 계약의 포인트는 보너스 옵션입니다."

"그게 뭔데?"

길게 설명하진 않았지만 나가는 대회마다 우승하는 태주
의 기세를 생각하면 그녀의 입이 벌어지는 것은 당연했다.

한 시즌에 1, 2승 거두기도 힘들다고 보는 게 일반적인
견해지만, 그녀는 태주가 적어도 한 시즌에 5승 이상은 거
둔다고 판단하고 있었다.

메이저 대회를 하나 포함해 5승을 거두고 나가는 대회마
다 톱10 진입을 하게 되면 그 또한 천만 달러가 넘을 것
같았기 때문이었다.

태주도 이 기쁜 소식을 알리고 싶은 사람이 여럿이었지
만 사인하기 전까지는 입을 다물기로 했다. 헬렌이 최종
결정을 내릴 위치가 아니라고 판단했기 때문이다.

그러나 다음 날 모처럼 늦잠을 자고 일어난 태주는 이메
일을 통해 계약서 초안이 도착했다는 임 팀장의 보고를 받
았다.

"검토해 보셨습니까?"

"네. 어제 협의한 내용과 정확히 일치했습니다."

"그럼 됐네요. 사인은 언제 한답니까?"

"오늘 계약서를 가지고 온다고 했습니다. 아마 친선 라
운드가 끝나면 찾아오지 않을까 싶습니다."

"잘됐네요."

PGA 투어 카드를 확보한 태주가 콘 페리 투어 대회에 출전하는 것이 화제가 되었기 때문일까?

주최 측은 각별히 배려하는 모습을 보였다. 공식적인 지원은 없었지만 리조트 예약부터 연습 라운드 일정까지 편하게 조정해 줬고, 지역 언론들의 쏟아지는 관심이 일정에 방해가 되지 않도록 주의시키는 역할도 감당했다.

하기야 골프팬들의 이목은 같은 기간에 열리는 마스터즈 토너먼트에 쏠려 있어 찬밥 신세인 것은 어쩔 수 없었다.

그래도 그런 것보다 더 흥미로운 부분은 월요일 오후에 친선 라운드를 할 수 있도록 대회 코스를 개방해 준 것이었다.

힘을 쓴 당사자는 마틴 문 회장일 테지만, 생색을 내긴 그만한 게 없어 보였다.

"좋은 아침입니다!"

"아침은 무슨! 10시야, 10시."

"400킬로미터를 이동하고 잠은 자야 할 거 아닙니까?"

"그러니까 비행기를 타라고 했잖아."

"팀이 함께 움직이는데 저만 비행기를 타라는 것부터 말이 되질 않습니다. 앞으로도 마찬가지니까 아예 계약서에 그 내용도 포함시켜야겠습니다."

"헐!"

마틴과 브라운은 아침 일찍 나와 연습까지 끝낸 상황이
었다. 느긋하게 일어나 제 시간에 맞춰 온 태주가 잘못한
것도 없는데, 마틴이 까탈스러운 이유는 헬렌이 최종 합의
한 계약 내용과 무관치 않은 것처럼 보였다.

그래서 한술 더 떠 버렸다.

흥미로운 것은 브라운 회장의 반응이었다. 그는 드디어
태주가 마틴 문의 회사와 에이전트 계약을 맺은 사실을 알
게 된 것이다.

그날 라운드는 필드 레슨보다 그 얘기가 더 화제가 되었
다.

"TJ, 아직 사인 안 했지?"

"네."

"그럼 다시 고민해 봐."

"브라운! 왜 이러십니까? 다 된 밥에 그렇게 재를 뿌리
면 어떡합니까?"

"내 예상을 훨씬 밑돈 계약이라서 그래. 그 정도라면 나
라도 회사를 차리고 싶은데, 이를 어쩌지?"

물론 농담으로 받아들일 발언이었다.

여러 스포츠 구단을 운영하고 있는 브라운 회장이지만

에이전시 업무와는 구분되는 영역이었으며 서로 경계를 허물지 않은 것이 이 바닥의 룰이었다.

그런데 가만히 들여다보면 그렇지만은 않았다. 적어도 그가 태주에게 보인 호감을 고려하면 에이전시 사업에 전혀 생각이 없었던 것도 아니라는 정황을 찾을 수 있다.

만약 마틴 문이 등장하지 않았다면 그가 나섰을지도 모른다는 생각을 지울 수 없었다. 프로 골퍼 한 명이 무슨 대수라고 생각할 수도 있지만, 제2의 타이거 우즈가 탄생한다면 그렇게 치부할 수만은 없는 사안이었다.

그걸 알기 때문인지 마틴은 다소 조급한 모습을 보였다.

"좋아, 자네가 원하는 건 다 들어주겠네."

"정말이시죠?"

"그 대신 PGA 챔피언십, US 오픈, 디 오픈 중에 하나는 꼭 잡아 주게."

"제 바람도 다르지 않습니다. 가능하리라고 봅니다!"

"그거야 바로 그거! 으하하하!"

그렇게 대답할 수 있는 사람이 또 있을까?

하지만 태주는 단언하듯 말했고 마틴은 무척 기뻐했다.

흥미로운 점은 브라운도 고개를 끄덕이며 부러운 듯 쳐다보고 있는 장면이었다.

18홀을 어떻게 돌았는지 모르게 기분 좋게 끝마쳤다.

공식 연습 라운드 이전에 한 번 더 코스를 훑어볼 수 있는 기회였기에 홍 프로는 물론 태주도 코스 레이아웃을 살피는 데 적잖은 공을 들였다.

"이모. 코스가 너무 평이하지 않나요?"

"응. 우승하려면 적어도 20언더는 쳐야 할 것 같아."

"어려운 게 더 나은데, 난감하네요."

"그래? 그렇게 쉬운 코스는 아닌 것 같은데?"

"문 회장님. 본인이 좀 헤매셨다고 너무 오버하시는 거 아닙니까?"

"그럴 리가 있나! 내가 이래 봬도…."

홍 프로와의 대화에 두 노인네도 끼어들었다.

바빠서 이번 대회를 다 지켜볼 수는 없다고 하면서도 그렇게 쉬운 코스는 아니라는 의견을 보탰다. 아마추어와 프로의 시선이 다름을 확인시켜 준 장면이었는데, 실제 대회가 시작되자 프로의 예언은 어김없이 적중하기 시작했다.

첫날 태주가 -6을 쳤는데, 공동 7위였다.

-8이 2명이나 나왔고 -7이 4명이 나오는 바람에 두 회장은 알링턴에 발이 묶이고 말았다.

"괜한 장담을 해 가지고 이게 대체 뭔가?"

"이참에 자식들에게 맡기고 현역에서 손을 떼시죠?"

"나 말인가? 자넨?"

"전 이미 진행 중입니다. 그간 너무 삭막하게 살아온 것이 안타깝다는 생각이 드는데, 회장님은 그렇지 않습니까?"

"믿고 맡길 수가 있어야지!"

"그래도 밀어주셔야 합니다. 어차피 책임을 지고 실패도 해 봐야 나중에라도 제대로 하지 않겠습니까?"

"그렇긴 하지. 그런데 –6을 예상한 TJ도 놀랍지만 그보다 잘 친 선수가 4명 이상 나왔다는 것도 신기하지 않나?"

"그러게 말입니다. 덕분에 속 편하게 골프나 즐기면 좋죠. 전 죽이 되든 밥이 되든 애들한테 맡겨 보렵니다."

브라운은 차마 자신은 그렇지 않다고 말할 수는 없었다.

아들딸과 손자손녀, 그들의 배우자까지 합하면 직계 가족만 수십 명이 넘는다. 대부분 가업에 힘을 보태고 있는데, 마틴에게 불안한 제 속내를 들키고 싶지 않았던 것이다.

한편으로는 실수를 해도 자신이 있을 때 하는 것이 낫다는 생각도 들었다. 그래서 마지못해 남게 된 김에 알아서 책임지고 처리해 보라고 지시했다.

그래 봐야 며칠인데, 별일이 있겠나 싶었다.

같은 시각, 아들과 함께 구상한 일을 진행하는 또 다른 아버지가 한 명 더 있었다.

"문래동 최인호 사장이 지인들과 함께 도착했습니다."

"오! 그래? 4번 홀을 마칠 무렵에 그늘집으로 가 보자고."

"라운드 끝나고 만찬에 초대하는 계획은 취소하는 겁니까?"

"아니지. 그 전에 얼굴 보고 인사나 하려고."

"아, 네. 그럼 시간 맞춰 카트를 대기시키겠습니다."

"관리 직원을 한 명 보내 불편함이 없도록 배려해 줘. 신경 쓰이지 않게 멀리서 케어 하라고 지시하고."

"네. 즉시 조치하겠습니다."

상도에게 보고 후 지시를 받고 나오는 서 실장의 표정이 묘했다. 이건 김 회장의 사업 스타일이 아니기 때문이었다.

원하는 것이 있으면 매우 공격적으로 접근한다.

그런데 이번 경우는 다른 양상을 보였다.

이미 클럽 제조에 대한 많은 정보와 준비를 해 뒀음에도 최인호 사장한테 꽂혔다. 그의 실력을 인정한다면 강하게 베팅부터 하고 보는 성격인데, 굉장히 조심스럽게 진행했다.

추측컨대, 아들과 함께 할 이 사업에 작은 오류도 용납할 수 없기 때문인 것 같았다.

시간이 되자 그는 정말 그늘집으로 향했다.

골프의 신이 강림했다

3화. 이게 골프!

글의 힘이 강력했다

"안녕하십니까?"

"누구시죠?"

"아이고! 제가 그래도 한때는 잘 나가던 프로 골퍼였는데, 세월이 원망스럽습니다. 전 김상도라고 합니다."

"아! 필드의 마법사, 그 김상도 프로십니까?"

"크크! 알아봐 주셔서 감사합니다. 이름을 밝히고도 못 알아보시면 어쩌나 걱정했는데, 정말 고맙습니다."

"그런데 듣던 것과는 많이 다르시네요. 최 사장, 오늘 공짜 골프 초대를 해 주신 김 회장님이 오셨는데, 왜 그러고 있어?"

이제껏 상도를 응대한 사람은 최인호가 아니라 그의 친구였다. 문을 열고 들어선 순간 눈이 마주쳤는데, 최 사장이 인상을 쓰는 바람에 타깃을 바꿨던 것이다.

사실 이런 겸손한 태도는 평소 상도의 행동 양식과 다른데, 클럽 제조사업의 성패가 그의 초빙에 달렸다고 판단한 상도는 자신이 할 수 있는 최대한의 배려와 인내심을 드러냈다.

아직 아무런 제안도 없었고 명문 코스에 무료 라운드 초대까지 해 줬음에도 인사가 없는 최인호가 좋게 보일 리가 없다.

서 실장이 조마조마한 이유는 이러다 펑하고 폭발할지도 모른다는 불안감이 전신을 옥죄고 있었기 때문이었다.

그러나 딴 사람을 보는 것 같은 분위기가 계속 이어졌다.

"라운드 하시는 느낌은 어떠십니까?"

"좋네요. 그리고 초대해 주셔서 고맙습니다. 다 이유가 있겠지만."

"하하! 이유는 있지만 제 클럽을 직접 만들어 공을 치는 분이 대체 어떤 사람인지 꼭 한 번 만나 보고 싶었습니다."

"그럼 클럽을 가지고 오셨어야죠."

"아! 저도 같이 어울려도 되는 겁니까?"

"잔돈도 챙겨 오십시오. 저희 1, 2 치는데 혼자만 동참하지 않을 수는 없지 않습니까?"

"야! 최 사장, 너 제정신이야? 이분이 누군지 몰라?"

"알지. 그래서 한번 붙어 보고 싶었어. 몇만 원 잃을 가치는 충분히 있지 않을까?"

웃음이 절로 나오는 발언이었다.

클럽 제조 재능을 가졌고 골프를 아무리 좋아해도 아마추어와 프로의 세계는 다르다. 감히 내기를 하자고 말하다니, 어이가 없었지만 좋은 기회라고 생각했다.

1, 2 친다고 해서 타당 만 원, 이만 원 내기인 줄 알았다.

더 큰 단위의 내기 골프도 있다는 것은 알지만, 지인들끼리 의가 상할 내기를 하진 않을 것이라고 봤다.

그런데 알고 보니 천 원, 이천 원 내기였다.

포상그룹 회장이자 이 코스의 오너인 상도가 5번 홀부터 끼어들었는데, 그제야 최 사장의 표정이 밝아졌다.

"핸디 안 드려도 됩니까?"

"핸디는 무슨! 얼마나 대단하지 구경 좀 합시다."

"기꺼이!"

상도도 클럽을 쥐면 승부사였다.

당연히 한 샷 한 샷 최선을 다했고, 은퇴했지만 프로의 샷이 어떤 것인지 유감없이 보여 줬다. 꾸준히 라운드를 했으나 연습을 하진 않았는데, 요즘은 칼도 열심히 갈고 있었다.

언제 아들과 다시 라운드를 하게 될지 모르지만 최소한 부끄럽지는 않아야 한다는 생각을 한 것 같았다.

몇 홀 지나지 않아 최 사장의 태도가 싹 바뀌었다. 골프를 깊이 사랑하는 만큼 좋은 스윙과 샷에 대한 존중심이 마음 깊이 박혀 있었던 것이다.

"와우! 나이스 샷!"

"고맙습니다."

"이번 샷은 일부터 페이드를 구사한 것이죠?"

"네. 코스 레이아웃이 페이드 샷을 구사하도록 세팅된 홀입니다. 훅 구질을 가진 플레이어도 이런 홀에서는 페이드를 구사하는 것이 유리하기 때문에 평소 다양한 샷을 연습하도록 강요하는 셈이죠."

"제가 요즘 치기만 하면 훅이 걸리는데, 제 샷 좀 한 번 봐주시겠습니까?"

"내기하다 말고 레슨이라…."

"아이고! 항복입니다, 항복! 제가 오늘 밥 거하게 살 테니까 한 번만 봐주십시오."

최 사장이 가장 늦게 포기한 것이다.

그 지인들은 진즉에 승부를 포기하고 상도의 스윙과 게임 운영을 보며 한 수 배우려는 자세를 갖추고 있었다.

최인호는 상도가 왜 자신들을 초대했는지 감을 잡은 것 같았다. 하지만 그에 대해서는 입도 벙긋하지 않았다.

그건 상도도 마찬가지였는데, 중요한 것은 친분을 쌓은 것이라고 판단했고 동반 라운드보다 더 좋은 기회는 없기 때문에 최선을 다하는 모습을 보였다.

13번 홀까지 끝내고 그늘집에 들렀는데, 그때 상도의 얼굴이 환하게 피는 화제가 떠올랐다.

"TJ KIM이 부친의 스윙을 닮은 거였군요."

"요즘 우리 태주가 물이 바짝 올랐습니다. 허허허."

"정말 부럽습니다. 전 TJ의 열성 팬입니다. 모든 경기 영상을 녹화해 두고 틈만 나면 보고 또 보고 있습니다. 제 스윙의 롤 모델이라고 해야 할까요?"

"우리 태주도 최 사장님이 만든 단조 클럽에 관심이 많던데, 귀국하면 자리를 한 번 마련해야겠군요."

"저, 정말입니까?"

"네. 좋은 클럽에 대한 열망이 대단한데, 지금 사용하는 클럽이 자신과 잘 맞지 않는다고 하더군요. 그래서 아예 최 사장님에게 부탁을 해 볼까 하는 생각을 비치더군요."

그 말 한마디로 더 이상의 대화는 필요 없었다.

최인호가 태주의 찐팬이라는 사실이 중요했다. 자신을 포함해 친한 사람들에게만 주문 제작해 주는 클럽인데, 그런 걸 태주가 알고 있다는 것부터 몹시 흥분이 되는 모양이었다.

상도가 얘기해 줘서 아는 것이지만 알고 있는 것은 분명한 사실이었고, 클럽 제조를 본격적으로 시작하면 당연히 그 클럽을 쥘 테니까 터무니없는 흰소리도 아니었다.

자신이 만든 클럽을 들고 PGA 무대를 평정하는 그림을 그려 봤는지, 이후 그가 더 적극적으로 관련 내용을 언급했다.

'되겠어! 이 사업!'

'그나저나 여기서도 태주 덕을 보게 되는군!'

* * *

1라운드 평균 성적이 너무 잘 나왔기 때문일까?

대회 주최 측은 2라운드에 최대한 난해한 세팅을 준비했다고 발표했다. 하지만 평이한 세팅은 감춰지지 않았다.

이날도 태주는 −6로 선방했는데, −7이 두 명이나 나오면서 주최 측의 발표를 머쓱하게 만들었다.

예선 −12를 치고도 공동 3위였다.

"36홀 −14가 말이 돼?"

"18홀 −14도 나오는데, 뭘 그렇게 흥분하십니까?"

"젊고 도전적인 성향이기 때문인가? 너무 스코어가 잘 나와서 그러지."

"이틀은 버틸 수 있지만 4일 내내 완벽한 경기력을 보이긴 어려울 겁니다."

"그래야지. PGA 무대도 평정한 자네가 2부 투어에서 연승 행진이 멎는다면 그것도 망신이잖아."

"마틴. 골프는 얼마든지 그럴 수 있습니다. 제 가장 큰 후원자께서 그리 생각하시면 저도 답답해질 것 같습니다. 보다 긴 호흡으로 가시죠."

"크음! 그래야겠어. 너무 부담스러웠다면 그냥 흘려들게."

사람은 처한 상황에 따라 처신이 바뀌곤 한다.

3개월 전 처음 콘 페리 투어에 나설 때만 해도 지금과는 달랐다. 도전적이었으며 만족을 모를 최선을 샷만 이어 갔다.

그 전략이 주효해 3연승을 거두며 일찌감치 PGA 투어 카드를 획득했지만, 이후 텍사스 오픈을 우승한 태주는 이제 경기를 보다 전략적으로 풀어 나가고 있었다.

무리수를 두지 않으면서도 안정된 우승 만들기를 위해 가장 효과적인 선택을 하게 된 것이다. 그럼에도 불구하고 마틴의 말에 동요가 된 것도 사실이었다.

연승을 끝내고 싶지 않았다.

콘 페리 투어에서는 더더욱.

그래서 헬렌을 호출했고 임 팀장, 홍 프로와 마주 앉아 추후 일정에 대한 구체적인 논의를 시작했다.

"아직 PGA투어 시즌은 길게 남았습니다. 임 팀장님이 개괄적인 설명부터 시작해 주시죠."

"보스는 다음 주에 열리는 RBC Heritage부터 출전이 가능합니다. 텍사스 오픈 우승자 자격으로 8월 마지막 주에 열릴 TOUR Championship까지 22개의 대회에 출전할 수 있습니다."

"22개라… 헬렌, 제 스케줄을 준비해 오셨죠?"

"네. 일단은 연속 출전을 강행했고, 환경이 바뀌기 때문에 한 주 쉬고 Zurich Classic부터 시작해 대략 2주 간격으로 출전하면 남은 3대 메이저 대회는 모두 출전이 가능해요. 다만 시즌이 끝날 무렵에 개최되는 노다지는 캐야죠."

"어디 봅시다."

4월 3주차 Zurich Classic of New Orleans

5월 1주차 Wells Fargo Championship

5월 3주차 PGA Championship

6월 1주차 the Memorial Tournament

6월 3주차 U.S. Open

7월 1주차 John Deere Classic

7월 3주차 The Open Championship

7월 5주차 Rocket Mortgage Classic

8월 2주차 FedEx St. Jude Championship

8월 3주차 BMW Championship

8월 4주차 TOUR Championship

보기만 해도 가슴이 뛰었다.

메이저 대회 3개와 8월에 열리는 파이널 시리즈는 대회 이름만 봐도 군침이 절로 넘어갈 만큼 설레는 무대였다.

어릴 적 상도와 함께 부푼 꿈을 꿀 때도 감히 엄두를 내지 못했던 이 위대한 장소에 출전 자격을 갖추고 나설 수 있다는 사실 하나만으로도 벅차오르는 심장을 가누기 어려웠다.

하지만 이내 냉정을 되찾았고, 꼭 해야 할 일정을 기억해 낸 태주는 7월 첫 주에 열리는 John Deere Classic

대신 한국 오픈을 집어넣었다.

"임 팀장님. 코리안 챔피언십 일정이 언제죠?"

"파이널은 11월에 개최되지만 1, 2차 대회에 출전해야 자격을 얻기 때문에 적어도 한 번은 참가해야 합니다."

"그러니까요. 언제입니까?"

"1차 대회는 5월 2주차, 2차 대회는 7월 4주차입니다."

"제 첫 메이저 대회 전 주에 한국을 다녀올 수는 없습니다. 그렇다면 7월 4주차가 좋은데, 디 오픈 끝내고 바로 넘어와야 하는 거군요."

그 대목에서 헬렌이 브레이크를 걸었다.

한국에 들르면 Rocket Mortgage Classic 출전은 무리다.

디 오픈 출전 후에 휴식도 없이 곧바로 스코틀랜드에서 한국으로 날아가 대회에 출전하면, 그 다음 주에 디트로이트에서 열리는 대회에 참가할 수는 없다.

상금 규모 15억 원이 KPGA 기준에서는 대단하지만, 로켓 모기지 클래식의 상금 규모는 840만 달러(약 101억 원)이며 우승 상금만 140만 달러(약 17억 원)라는 점을 강조했다.

"돈이 문제가 아닙니다. 코리안 챔피언십의 호스트가 누군지 모르십니까?"

"아, 알아요. 하지만….."

"전 코리안 챔피언십 2차 대회에 출전하고 한국에서 여름휴가를 가질 생각입니다. 페덱스 챔피언십 1주일 전에 들어오겠습니다."

"휴가요?"

"그 대신 하나 약속하죠. 마틴에게는 이미 얘기했는데, 그 전에 굵직한 대회를 하나 잡아 낼 겁니다."

"그렇게만 된다면 흐흐흐….."

그런 말을 해도 되나 싶었지만 스스로 각오를 다지는 계기로 삼았고, 그런 자신감이 주변 사람들을 안심시킬 수 있다면 나쁘지 않다고 판단했다.

왜 한 번뿐이겠는가!

11번 출전 중에 6개가 굵직한 대회인데, 그중에 적어도 2개는 잡을 각오였다. 또한 다른 소소한 5개의 대회에서도 1번 이상 우승해 이번 시즌 4승을 거두는 것이 목표였다.

남들이 들으면 미쳤다고 할 것 같아 꾹 참고 있을 뿐!

- 와우! 나이스 샷!
- 아주 깔끔한 스윙이었습니다. 이틀 동안 안정적인 플레이만 고집했는데, TJ가 오늘은 아예 작정한 것 같습니다.

- 2타 차를 따라잡아야 하는 무빙 데이이기 때문이겠죠?

- 샌안토니오에서 거친 경기를 펼치고 바로 넘어와 피곤했을 테고 코스 적응도 덜 되어 비교적 안정된 경기 운영을 했는데, 이젠 코스 적응을 마친 것 같습니다.

- 그럼 볼만하겠네요. 마스터즈 때문에 이 경기를 관전하는 팬들이 거의 없었는데, TJ가 장타를 가동한다면 달라지지 않을까요?

- 저도 그렇게 봅니다. 그에겐 지금 7연승이라는 거대한 목표가 걸려 있기 때문에 언론들도 간과할 수는 없을 겁니다.

그건 중계진의 뇌피셜이었다.

만약 PGA 투어 대회였다면 그 관심이 폭발적이었을 것이다.

하지만 태주의 위상은 이미 2부 투어를 넘어서 우승을 하지 못하면 되레 실망감만 안길 가능성이 높았다.

때문에 커미셔너는 반겼으나 정작 에이전시는 얻을 게 없는 출전이라며 아쉬움을 토했다. 그러나 경기는 이미 시작되었고 공격 모드를 가동시킬 때가 되었다고 판단했다.

"벙커를 넘겼어! 330야드가량 나온 것 같아."

"그럼 2온이 가능하겠네요."

"그렇지. 250야드 정도 남았을 테니까 19도 유틸리티면 충분하지 않을까?"

"우측 벙커만 조심하면 되니까 밀리지만 않으면 되겠죠."

"일단 가서 보자."

1번 홀은 594야드 파5 홀이며 좌측으로 75도가량 꺾인 도그렉 홀이다. 다만 페어웨이 정중앙에 벙커를 만들어 놔서 티샷 캐리가 310야드에 미치지 못하면 위험한 홀이었다.

콘 페리 투어 장타자들은 다들 2온을 노려 그 벙커를 넘기려는 시도를 하지만, 태주는 이틀 동안 3온 작전을 전개했다.

파와 버디를 잡아냈으니 첫 홀치고는 나쁜 결과가 아니었다. 그러나 오늘 선두를 따라잡지 못하면 최종 라운드에서 느껴질 압박감을 고려해 공격 모드를 가동시키기로 마음먹었다.

모처럼 장타를 가동하기 때문에 여간 신경 쓰이는 게 아니었으나 벙커를 넘긴 타구가 페어웨이에 안착하자 비로소 마음이 놓였다.

"장타를 쳐도 저 정도 정확성이면 아낄 이유가 없지."

"그런데도 과할 정도로 신중합니다. 저 나이에 그러기가 쉽지 않은데, 타고난 것 같습니다."

"그나저나 스타 만들기 프로그램은 잘 나왔나?"

"서서히 분위기부터 끌어올릴 생각입니다. 아시아인의 한계를 극복하려면 무엇보다 중요한 것은 성적이죠. 가급적 빠른 시일 내에 메이저 대회를 하나 잡아내야죠."

"과연 그게 쉬울까?"

"객관적인 평가 분석은 아무 의미가 없습니다. 지금까지 그래 왔듯이 모두의 예상을 깨는 미친 성적을 낼지도 모릅니다."

마틴의 자신감 피력에 브라운은 말을 아꼈다.

자신도 TJ가 미친 활약을 펼칠 것 같지만 생각하면 할수록 쉬운 일이 아니었기 때문이다. PGA 초청 대회에 출전해 우승을 거둠으로서 압도적인 기량을 지녔다는 사실은 증명되었다.

그러나 PGA는 절대 만만한 무대가 아니다.

육신을 지닌 인간이 맞는지 의심이 드는 쟁쟁한 별들이 수없이 명멸하는 전쟁터다. 새벽을 수놓는 별처럼 반짝이지만 날이 밝아 오면 그 빛은 태양에 녹아들 수밖에 없지 않던가!

"261야드야. 생각보다 많이 남았네."

"그럼 드라이브 티샷이 333야드 날아온 겁니까?"

"응. 오랜만에 가동한 장타치고는 매우 훌륭했어."

"음… 그럼 5번 우드를 주세요. 19도 유틸리티로는 살짝 부족할 것 같습니다."

"오케이!"

티샷이 의도한 거리보다 5야드가량 짧았다.

우드도 비슷할 것이라고 판단했다. 조금 더 보내려고 세게 치느니, 한 클럽을 크게 잡는 것이 현명하다는 것에 홍프로도 동의했다.

혹자는 무서운 기세로 텍사스 오픈까지 우승한 실력이라면 콘 페리 투어 대회 우승은 당연하다고 생각할지 모르지만, 그건 무지가 부른 착각이다.

2부 투어 선수들의 기량이 수준 낮다고 말할 수 없다. 특히 리더 보드를 오르내리는 선수들은 최고의 컨디션을 유지하고 있기 때문에 도전적인 그들의 공략이 더 위협적일 수 있다.

챔피언 조에서 함께 플레이를 펼치는 단독 2위 알렉산더의 경우가 그랬다. 그 역시 330야드 티샷을 페어웨이에 안착시켰고 우드로 2온을 노렸다.

"굿 샷!"

"근데 혹 바람이 부나? 샷이 감기잖아?"

"바람이네요. 그럼 애매한데요! 훅을 감안하면 우측을 봐야 하는데, 가드 벙커가 상당히 부담스럽게 된 거 아닙니까?"

"바람이 확실하다면 그린 우측 끝만 보자."

"좋습니다."

알렉산더의 샷이 그린 좌측 러프까지 기어 들어가는 바람에 태주는 더 신중해질 수밖에 없었다.

태엽을 감듯이 서서히 이뤄진 테이크백, 백스윙 탑에서 잠시 숨을 고른 듯 멈췄던 클럽 헤드가 공을 때리기 위해 내려올 때는 무시무시한 스피드를 만들어 냈다.

경쾌한 타격음과 함께 총알처럼 쏘아진 타구는 이번에 서브 스폰서로 태주의 계약에 일익을 담당한 한국산 볼이었다.

이미 연습을 통해 충분히 적응을 하면서 품질에 대한 검증을 마쳤다. 스핀이 많이 걸리는 특성을 지니고 있었고 직진성도 훌륭해 탄도가 높은 샷을 해도 부담스럽지 않았다.

- 와우! 나이스 샷!

- 온 그린이 문제가 아니로군요. 공이 핀을 향해 정확한 방향으로 구르고 있습니다.

- 빨간색 공을 쓰는 남자 선수는 아주 드문데, 잘 맞으

니까 아주 아름다워 보이네요. 볼빅이라는 메이커죠?

- 크흠! 얼마나 붙을까요?

광고에 나오다시피 프로들이 경기에서 사용하는 골프공은 대부분 유명 메이커 하나로 귀결된다.

그것도 한국 기업이 인수해 압도적인 점유율을 기록하고 있지만, 태주가 확인한 또 다른 한국산 볼도 그에 못지않았다.

특히 품질 좋은 컬러 볼을 내놓아 색다른 맛을 제공하는 것으로 유명했다. 그래도 중계 중에 메이커를 들먹이는 것은 바람직하지 않았는데, 엉겁결에 내뱉는 바람에 해설이 기침 소리로 주의를 주는 촌극이 펼쳐지기도 했다.

하지만 시청자들의 시선은 태주의 공에 쏠려 있었다.

"붙은 것 같지?"

"살짝 오버한 것 같습니다."

"짧은 것보다는 낫잖아. 얼마나 되려나?"

이글 찬스를 엮어 냈다.

1번 홀부터.

심장이 벌렁거렸지만 홍 프로도, 태주도 애써 담담한 표정을 유지하며 그린을 향해 걸었다.

좋은 샷을 날리고 이동할 때만큼 행복한 시간은 없다.

미스 샷을 하고 헐레벌떡 달려가는 초보자는 좀처럼 경험할 수 없지만, 구력이 쌓이고 골프에 대한 자신감이 붙으면 이 시간이야말로 모든 수고와 노력을 보상하는 순간이 된다.

어느새 칩 샷 위치로 이동한 알렉산더가 범 앤 런을 시전하고 있었다. 되는 날인지, 다소 강했던 공이 깃대를 맞고 홀인이 될 뻔했다.

"나이스!"

"흐흐흐! 고맙습니다. TJ."

"오늘 샷 감이 아주 좋군요."

"들쑥날쑥하는데, 운 좋게 깃대를 맞췄네요."

쑥스러운지 머리를 긁적이는 그의 순박한 얼굴이 무척 인상 깊었다. 가까이에 서 보니, 그가 얼마나 대단한 덩치를 지녔는지 확 느껴졌다.

브렛 알렉산더. 24세인 그는 2m 2cm의 거구에 133kg이라는 믿기 힘든 체중을 지닌 프로 골퍼였다.

재작년부터 2부 투어에서 활약했는데, 우승은 한 번도 없었으나 톱10 진입이 7번으로 꽤 준수한 성적을 거둔 선수였다.

두 시즌 모두 아슬아슬하게 PGA 투어 카드 획득에 실패한 입장이라면 모처럼 2위에 랭크된 이번 대회가 중요해

조바심을 낼 만도 한데, 그런 모습은 조금도 보이지 않아 신기했다.

"낙천적인 성격을 타고난 사람이었네요."

"저 뚱뚱한 허리가 돌아가는 게 신기해!"

"의외로 유연하던데요? 미소가 아주 멋져서 같이 플레이를 하는 사람들을 편안하게 해 주는 것 같습니다."

"지금 남 칭찬할 때가 아니야. 거리는 1.8m, 홀컵 우측 끝을 보면 되지 않을까?"

"공감!"

알렉산더가 탭인 버디를 기록하자 그린에 오른 태주는 선물처럼 다가온 첫 홀 이글 퍼팅에 집중했고 빈틈없는 스트로크로 공동 선두에 이름을 올렸다.

-14 테일러 무어, 브렛 알렉산더, TJ KIM.

태주는 담담함을 유지했지만 알렉산더는 공동 선두에 이름이 올린 기쁨을 유감없이 드러냈다.

싱글벙글 웃으며 캐디와 농담을 주고받는데, 아마추어 같은 그런 모습이 나빠 보이지 않았다. 그래서 그의 스윙과 경기 운영을 눈여겨보게 되었는데, 꼼꼼히 확인한 그의 스윙 메커니즘은 잔소리를 참기 힘들만큼 허술했다.

"와아! 저런 스윙으로 프로 무대에서 버티다니!"

"힘이 좋네. 거의 팔로만 치잖아."

"체격이 워낙 좋아 조금만 가다듬으면 최상위권을 유지할 수 있을 것 같습니다."

"병이 도진 거야?"

"핫하하! 그럴 수는 없죠. 하지만 나중에라도 봐주고 싶은 생각은 드네요."

"그래. 나중에 봐주더라도 일단 경기에 집중하자."

공동 선두에 이름을 올렸으나 태주는 이날 목표를 채우고도 남을 압도적인 기량을 연이어 선보였다.

3, 4, 6, 7번 홀에서 버디를 잡아 8번 홀까지 6타를 줄인 태주가 605야드 롱홀인 9번 홀에서 352야드 티샷에 이어 255야드를 19도 유틸리티로 공략해 2온에 성공하자 중계진은 물론 갤러리들도 흥분을 감추지 못했다.

6m 퍼팅이었고 라이도 두 번이나 꺾이는 난해한 라인이었으나 홀컵을 한 바퀴 돈 공이 홀컵 속으로 사라지는 순간, 주변을 가득 메운 갤러리들의 비명이 지축을 울리는 것 같았다.

"감히 따라갈 엄두가 나질 않네요."

"알렉산더. 하루에 연습은 몇 시간이나 합니까?"

"그건 왜요?"

"실례인 줄 알지만 정상적인 훈련을 소화한다면 그렇게 체중이 많이 나갈 수 없다는 생각이 들어서 말입니다."

"크! 제가 많이 게으르긴 하죠."

기분 나쁜 이야기일 수 있다.

받아들이기에 따라.

하지만 그는 아이처럼 밝은 미소를 지으며 가볍게 받아들였다. 오히려 부끄러워한다는 느낌을 받아 질문한 태주가 되레 미안한 마음이 들 정도였다.

뒤이어 그와 주고받은 대화 내용도 너무 꾸밈이 없어 도리어 잘 믿기지가 않았다. 프로 골퍼인 그가 스스로 밝히길, 욕심을 내도 자신의 샷이 나아질 것 같지 않다는 생각을 했단다.

그러면서 오늘 처음 그 생각이 조금 변하긴 했는데, 태주의 스윙을 보고 따라 하고 싶다는 충동을 느꼈다는 말도 했다.

"알렉산더. 저녁 먹고 연습장에서 봅시다."

"네?"

"연습 안 할 겁니까?"

"하긴 해야죠. 하지만 저녁 먹고 나면… 쉬어야죠."

"무조건 오세요. 스윙에 대해 나눌 이야기가 많습니다."

"아! 대화라면 저도 좋습니다."

시즌 중에 변화를 줄 수는 없다.

특히 과체중인 그는 18홀을 돌고 나면 체력이 급격히 떨어져 저녁에는 식사 후에 마사지를 받고 푹 쉰다고 했다.

그나마 오전에 연습을 하는데, 경기 시작 전 1시간가량 몸을 푸는 게 고작이라는 말에 어이가 없었다.

좋은 스윙이나 경쟁자들과 싸우는 게 아니고 그는 경기 내내 자신의 체력과 싸우는 셈이었던 것이다.

그러고도 이 바닥에서 버티고 있다는 사실이 신기할 따름이었다.

"들었습니까?"

"응. 심각하네. 근데 하루 1시간 몸만 풀고 투어를 뛸 수 있나?"

"그러게 말입니다."

"살부터 빼야 하는 거잖아. 누구한테 배웠는지 그 선생님은 대체 뭘 가르친 거야? 저런 비곗살을 어떻게 그냥 놔두지?"

"코치가 없는 것 같습니다. 그러니 스윙이 저 모양이죠."

염려하던 일이 벌어졌다.

전반에 3타를 줄여 공동 2위를 유지하던 알렉산더가 후반에 들어서자 서서히 체력이 떨어지는 것 같더니 15번 홀부터는 거의 방전된 것처럼 걷는 것조차 힘들어했다.

요령은 좋아 클럽을 길게 잡고 컨트롤하는 장면은 이색적이기까지 했다. 그러나 체력이 딸려 제 경기력을 유지하지 못하는 선수가 있다는 사실에 놀라지 않을 수 없었다.

혹시 무슨 질환이 있는 것은 아닌지 의심스러웠다.

- 또 2온을 했습니다!

- 참 대단하네요. 후반 들어 잠시 주춤하는 것 같더니 마치 롱홀이 오기만을 기다린 사람 같습니다. 게다가 이번에는 아이언으로 온 그린을 시켜 버렸습니다.

- 티샷이 356야드를 찍었으니까요. 페어웨이를 가로지르는 개울을 넘겨 버릴 줄은 몰랐습니다. 폭이 만만치 않은 그 물이 있어서 552야드인데도 파5로 세팅된 홀이 아닙니까! 그런데 그걸 넘겨 버리는 순간, 파4 홀이 되어 버린 느낌입니다.

파5 홀을 파4 홀처럼 느껴지게 만들었다는 표현이 시청자들의 귀에 쏙 들어왔다.

아무리 장타를 자랑하는 선수라도 이 홀에서는 꾹 참는다. 넘기면 좋지만 확신하기가 어렵고 잘라 가도 버디를 잡을 수 있는 핸디캡 1번 홀이었기 때문이다.

장타를 시도했던 선수들이 어김없이 개울에 공을 찾으러 들어가는 모습을 봤기에 결선에서는 시도하는 선수가 없었다.

하지만 태주는 거침없이 넘겨 버렸던 것이다.

게다가 197야드를 6번 아이언으로 공략해 앨버트로스가 터질 뻔했다. 홀컵 옆을 스쳐 1m 안팎에 멈춰서는 광경에 머리를 감싸 쥔 팬들도 많았다.

이글 퍼팅을 성공하며 오늘만 -10, 5타 차 단독 선두가 되었지만, 태주의 공격 앞으로는 멈추지 않았다.

16번 홀에서 -23가 되고도 마지막 파5 홀에서 또다시 2온에 성공하는 순간, 마스터즈고 뭐고 오늘 골프 채널 메인 뉴스는 태주가 장식하게 될 것만 같았다.

"저녁은 몇 시에 드십니까?"

"점심을 간단히 때운 터라 6시쯤, 일찍 먹을 겁니다. 왜요?"

"아! 시간 맞춰 연습장에 가려고요. 오늘 동반 플레이는 평생 잊을 수 없을 것 같습니다."

"저 역시 그렇습니다. 알렉산더, 기왕 프로로 나선 김에 골프 제대로 쳐 보고 싶지 않습니까?"

"다 비슷하다고 생각했는데, 그게 아니라는 것을 오늘 깨달았으니 새롭게 한 번 해 봐야겠다는 생각을 했습니다.

저녁에 보죠."

프로라고 다 스윙이 완벽한 것은 아니다.

자기만의 독특한 스윙을 하면서도 최고의 반열에 오른 선수가 적지 않다. 알렉산더도 오랫동안 제대로 된 교육을 받았을 것이다.

하지만 어느 한 순간 자신만의 길을 가기로 결정한 것 같았다. 그게 자의든 타의든 현재의 스윙은 본인이 여러 시행착오를 거치며 교정한 샷일 텐데, 태주의 눈에는 모래성이었다.

언제 무너질지 모르는.

작은 틈이 생기는 순간, 감당하기 어려울 것이다. 당장은 스윙이나 기술적인 교정보다 체격과 체력부터 뜯어고쳐야겠지만, 그 필요성을 절감하게 만드는 것이 더 중요했다.

"기어코 해내는군!"

"오늘 59타를 쳤습니다. 어쩌면 마음만 먹으면 늘 가능한 스코어일지도 모릅니다."

"왜 그래. 아마추어처럼."

"저 아마추어 맞습니다. 흐흐. 물론 터무니없다는 건 알지만 코스 파악과 공략 방식만 정해지면 오늘처럼 남들은 엄두도 내지 못하는 성적을 늘 거둘 수 있다는 생각이 듭니다."

"너무 자신하지 말게. 이건 골프이지 않은가!"

이게 골프라는 말뜻을 모르지는 않는다.

어제 잘되던 골프가 오늘 갑자기 안 되고, 전반 홀에 쩍쩍 잘 맞던 공이 후반에 돌연 갈 곳 잃은 나그네처럼 해매기도 한다.

물론 프로는 아마추어와 따르지만 반드시 그렇다고 할 수도 없다. 한 번 삐끗하면 프로 골퍼도 한 홀에서 4오버, 5오버를 치기도 하지 않던가!

그러나 꿈의 스코어 59타를 치고도 별 감흥 없이 그린을 벗어나는 태주의 모습을 보고 있노라니 공감은 갔다.

롱홀 4개를 모두 2온에 성공했으며, 그중에 3개를 이글로 연결한 선수가 과연 역대로 몇 명이나 되는지 확인이 필요하다는 생각뿐이었다.

"왜 그렇게 빤히 쳐다보십니까?"

"신기해서!"

"선수끼리 무슨!"

"어허! 어째서 말이 점점 더 짧아지는 거지?"

"그런가요? 제가 문 회장님의 고객이지 않습니까! 그리고 이제 좀 편하게 지낼 사이가 되지 않았나요?"

"허! 그러자고."

"근데 브라운, 혹시 무슨 일 있으십니까?"

"아, 아닐세. 자네 경기를 지켜보고 있노라니, 갑자기 우리 아이들 생각이 나서."

"이제 얼추 올 때가 되지 않았나요?"

브라운 회장의 손자손녀인 클라인과 올리비아 얘기였다.

2개월 전지훈련 코스를 떠났기 때문에 곧 귀국하게 된다.

그런데 그들 이야기를 하자 생각나는 사람이 있었다. 가끔 문자를 주고받지만 오랫동안 음성은 듣지 못했는데, 오늘은 깜찍한 딸 폰타나와 수다를 떨고 싶다는 생각이 들었다.

마님에게 보고부터 하는 것이 수순이지만 유라도 지금 한창 경기를 치르고 있기 때문에 확인부터 할 필요가 있었다.

임 팀장의 표정이 밝은 걸 보니 짐작은 가능했다.

"임 팀장님. 하와이는 어떻게 됐습니까?"

"오늘 고 프로님도 선방하셨습니다."

"선방이요?"

"네. -6을 쳐서 공동 9위로 올라섰습니다."

"다행이네요. 선두와의 격차는요?"

"디펜딩 챔피언인 리디아 고가 -21입니다. 7타 차라서 넘어서기는 어려울 것 같습니다."

"그렇군요"

LPGA의 벽이 더 높다고 말할 수는 없다.

이미 수많은 한국 낭자들이 정상을 밟아 어떤 대회는 리더 보드의 절반 이상이 태극 마크로 표시가 된다.

때문에 유라도 얼마든지 할 수 있다고 판단했다.

그러나 아직은 녹록치 않다는 사실이 확인된 셈이었다. 그런데도 아쉬움이 진하게 남는 것은 어쩔 수 없었다.

자신이 캐디백을 매면 지금보다는 확실히 나아질 것이 분명했기 때문이다. 그렇다고 아내를 따라다닐 수는 없는 노릇, 조심스럽게 전화를 넣었다.

"미쳤어! 어떻게 또 59타를 쳐?"

"코스가 쉬워. 그리고 오늘 샷이 좀 되더라고."

"나도 톱10 진입에 성공하긴 했어."

"응. 봤어. 스윙 좋더라. 그 기세를 몰아서 내일도 바짝 당겨야지?"

"그렇게. 꼭 해줘야 할 말이 있는데, 기대해."

"무슨 말인데 뜸을 들이고 그래. 얘기해 봐."

유라는 끝내 말을 하지 않았다.

그러나 나쁜 일 같지는 않아 걱정은 되지 않았다. 얼핏 든 생각이 있긴 했으나 태주도 조심스러워 말을 아꼈다.

늘 느끼는 것이지만 살을 맞대고 사는 아내인데도 유라

는 지루한 여자가 아니었다. 재잘재잘 얼마나 말이 많은지 그냥 들어 주는 것만으로도 마음이 푸근해져 편안했다.

때론 사나운 암고양이 같지만 그 또한 큰 매력이었다.

생각보다 통화가 길어지는 바람에 축하 인사를 하러 다가왔던 제이 커미셔너가 멀뚱히 서서 기다려야 했다.

"미안합니다. 말을 들어 주지 않고 전화를 끊으면 무척 힘들어져서요."

"아하! 유라 고 프로였군요?"

"네. 지금 롯데 챔피언십에 출전 중입니다. 공동 9위라네요."

"두 부부가 미국 골프계를 들었다 났다 하는군요."

"뭘 또 그렇게까지… 그런데 여긴 웬일이십니까? 한창 바쁜 시기에."

"상대적으로 흥행이 안 될 것 같아 달려왔는데, 제 오판이었습니다. 유료 입장객도 예상을 뛰어넘었고 오늘 경기 후반 방송 시청률은 올 시즌 최고를 찍었습니다. 이게 다 'TJ 효과'가 아니겠습니까."

어떤 스포츠건 스타가 탄생하면 팬들이 몰리고 열광한다.

그래서 의도적으로 스타를 만들기 위해 애를 쓰는데, 잘나가는 와중에도 뭔가 부족했던 PGA는 비로소 태주를 새로운 스타로 인정하는 분위기가 조성된 셈이었다.

아직 부정적인 시각을 가진 이들이 많지만 오늘 제이 모나한이 이곳까지 달려온 것도 마틴의 입김이 작용한다는 증거이며, 부른다고 냉큼 달려온 것은 그 또한 긍정적인 시각을 가졌다는 의미였다.

실력만 월등한 것에 그치지 않고 2부 투어에 출전한 것부터 데뷔 우승 상금을 전액 기부한 것도 프로로서 상품성을 극대화시킬 수 있는 중요한 요소로 작용할 것이라고 판단했다.

"오빠!"

"너 목소리가 왜 그래?"

"치! 여긴 지금 새벽이거든요!"

"아! 그럼 너 자다가 깬 거야?"

"아뇨. 오빠 경기 다 보고 지금 막 자려고 누웠어요."

텍사스가 오후 5시 반이면 태국은 새벽 4시 반이었다.

그것도 깜빡하고 목소리가 가라앉았다고 걱정했으니, 무심함이 드러난 것 같아 낯 뜨거웠다.

하지만 직접 전화를 해 준 것이 놀랍고 기뻤는지 흥분한 폰은 기관총이 따로 없었다. 학교 얘기, 아카데미 얘기를 비롯해 친구 얘기도 재잘거렸는데, 귀에 박히는 내용에 멈

칫했다.

"클라인, 올리비아랑 라운드를 같이 나간다고?"

"네. 일주일에 3번 정도?"

"네가 보기엔 어때? 그 남매?"

"뭐요? 골프요?"

"그래. 훈련은 열심히 하는지 궁금해서. 요즘 걔들 할아버지랑 무척 친해졌거든. 좀 있다 식사할 때 만날 건데, 그 얘기 해 주면 좋아할 거 아냐."

"흐! 저랑 막상막하에요. 물론 클라인은 백 티이고 올리비아랑 저는 화이트 티지만."

막상막하라는 소릴 듣는 순간, 당황스러웠다.

이미 아마추어 강자로 성적을 내던 이십 대 초반과 골프를 배운 지 몇 달도 되지 않은 폰타나가 비슷하면 말이 되지 않기 때문이다.

그렇다고 티를 낼 수는 없는 노릇, 얼렁뚱땅 통화를 마무리한 태주는 결국 오 코치와 통화를 해야 했다.

텍사스 오픈은 다들 모여 시청했지만 2부 투어라고 폰만 기대감을 가지고 몰래 제 방에서 봤다는 것을 깨달았다.

그런데 오 코치의 말에 놀라지 않을 수 없었다.

"요즘 계속 7자를 그리고 가끔 언더파도 쳐!"

"에이. 클럽을 잡은 지 아직 반년도 지나지 않았잖아요."

이게 골프! 125

"정말이라니까! 무슨 애가 스폰지도 아니고 가르쳐주는 것은 다 그 자리에서 흡수하고 다시 봐줄 필요도 없을 정도로 완벽한 스윙을 보여 줘."

"귀엽다고 너무 오냐오냐 보시는 건 아닙니까?"

"아니라니까! 그래서 주니어 선수 등록을 했고 다음 달에 대회에 출전시켜 보려고."

힘이 좋다고 했다.

부드러운 테이크백에 강한 임팩트를 만들어 내는 스윙 메커니즘은 마치 태주의 샷을 보는 것 같다는 말까지 보탰다.

16살 여학생이라고는 믿기 힘든 비거리에 정교함까지 갖춰 아카데미 코치들의 기대가 부풀고 있다는 말도 전했다.

가슴이 벅차오르는 감동을 느끼지 않을 수 없었다.

유라에게 미안한 마음이 드는 것은 여자 골프를 평정할 주인공은 바로 자신의 딸이 될지도 모른다는 기대가 솟구쳤기 때문이었다.

물론 시간이 더 필요할 테고 완벽한 준비를 해야겠지만, 자신의 성공보다 더 뜻깊은 일이라는 생각을 지울 수 없었다.

"참. 클라인과 올리비아는 어떻습니까?"

"처음에는 빡빡하게 굴더니, 스윙을 교정하고 결과가 나오기 시작하자 태도가 180도 바뀌었어. 상당히 좋아졌지."

"다행이네요."

"특히 올리비아는 무섭게 변했어. 좀 독해진 것 같다고 해야 하나? 여하튼 올해 투어 시드 확보는 문제없을 것 같아."

사실 성실한 클라인의 성장을 기대했었다.

물론 나아졌다고는 하는데, 큰 기대를 하지 않았던 올리비아가 비약적인 성장을 했다는 말에 적잖이 놀랐다.

실제 미국에 건너와 실전을 뛰어 봐야 알겠지만, 아카데미 코치들의 공통적인 의견이 그렇다면 틀리지는 않았을 것이다.

저녁 식사 때 그 얘기를 했더니 브라운의 만면에 희색이 번졌다. 그런 소식을 꽤나 기다리고 있었던 모양이다.

"올리비아가 어릴 때부터 집념이 강했지. 성장하면서 다소 엉뚱한 방향으로 가는 것 같아 걱정을 했는데, 많이 좋아졌다니 갑자기 그 녀석이 보고 싶군!"

"한 달 더 연장하고 싶다는 의견을 냈는데, 일단 마무리를 하고 겨울 전지훈련에 다시 합류하는 것으로 결정되었다고 합니다."

"오호! 변했군, 변했어. 코치 바꾸기를 밥 먹듯이 하던 녀석인데, 자발적으로 훈련 연장 의향을 밝혔다니 놀라워."

"체중이 좀 불었답니다."

"한식 메뉴 때문인가?"

"그렇지는 않을 겁니다. 제가 알기로 스윙에 필요한 근육을 갖춰야 한다는 코치의 의견을 받아들여 매일 2시간씩 웨이트트레이닝을 한 결과일 거라고 생각합니다."

그 대목에서 유라가 호출된 것은 찜찜했으나 나쁜 의미는 아니었다. 건강 미인이라고 치켜세웠는데, 틀린 말도 아니기 때문이었다.

올리비아는 늘 미모 가꾸는 것을 중시해 대회 기간에도 다이어트를 하던 녀석인데, 이제야 프로 골퍼로서의 기본을 갖춘 것 같다며 흐뭇하다는 말도 했다.

수십 명의 손자손녀 중에 골프를 하는 둘을 얼마나 아끼는지 새삼 확인한 자리였다.

- 결국 7연승을 해내나요?

- 이제 프런트 나인을 마쳐 섣부른 감이 없지 않지만 저도 공감할 수밖에 없군요. 어제 이미 7타 차로 벌렸는데, 이러다 두 자릿수 차이가 나는 건 아닌지 모르겠습니다.

- 타수 차가 뭐 중요한가요?

- 그나저나 오거스타에서도 새로운 별이 뜬 것 같습니다.

- 아! 일본 선수 히데키 마츠야마가 단독 선두로 나섰다고요?

- 네. 일본 선수들이 PGA에 진출한 시간은 오래되었지만 메이저 대회 우승은 없지 않나요?

이변이 일어났다.

물론 히데키는 좋은 선수다.

꾸준히 좋은 성적을 냈으며 올 시즌 조조 챔피언십에서 우승하며 절정기에 접어들었다는 평가를 받았다.

하지만 마스터즈 토너먼트에서 그린 자켓을 입을 것이라고 예상한 팬들은 많지 않았다. 하지만 그는 쟁쟁한 선수들을 물리치고 그는 마스터즈의 히어로가 되었다.

텍사스 오픈에서 우승한 TJ로 인해 아시아 선수들의 실력이 주목받았는데, 진정한 승자는 그가 된 것 같아 씁쓸했다.

10타 차의 압도적인 우승을 거뒀고 프로 대회 7연승이라는 금자탑을 세웠지만, 2부 투어 우승 소식은 단신으로만 다뤄졌다.

"이게 뭐야? 너무들 하네!"

"그럴 만합니다. 일본인 최초 메이저 대회 우승이지 않습니까! 양용은 선배의 뒤를 이어 아시아 선수로서는 두 번째 메이저 우승이니까 축하하는 것이 맞습니다."

"하필 너랑 겹치니까 그러지. 모든 스포트라이트를 다 뺏어 갔잖아."

"나쁘지 않습니다. 이제 일본에도 PGA 붐이 일 테고, 한국과 아시아 전체의 시장이 커지게 될 테니까요."

"언제 한 조로 만나겠지?"

"그렇겠죠. 일단 큰일을 해낸 것에 대한 축하와 존중을 표하는 것이 적절합니다."

태주 팀은 다음 대회가 열리는 루이지애나로 향했다.

본래 계획은 이번 대회 우승과 함께 더 에이스와의 초대형 에이전시 계약 발표를 할 예정이었는데, 미루기로 했다.

어차피 계약은 이뤄졌고 언제 발표하느냐는 중요하지 않다고 생각했기에 개의치 않기로 했지만, 그 사유가 께름칙했다.

히데키의 마스터즈 우승이 워낙 이변이었는지, 모든 언론의 관심이 그에게 쏠린 탓에 효과가 반감된다고 본 것이다.

유라는 하와이로 오라고 졸라 댔지만 그럴 수는 없었다.

텍사스에서 하와이까지 갔다가 다시 루이지애나로 이동하는 것은 시간적인 낭비가 너무 크기 때문이었다.

한 주의 여유가 있다지만 초청 자격이 아닌 투어 시드

보유자로서 첫 출전하는 대회였기 때문에 꼼꼼하게 준비하고 싶었다.

"웬만하면 혼자라도 가지 그랬어?"

"혼자요? 그럴 수는 없죠. 그리고 지금은 엄연히 시즌 중입니다. 8월 첫 주에 한국에서 여름휴가를 보내기로 했는데, 쉬긴 뭘 쉽니까!"

"흐흐. 그래도… 버틸 수 있겠어?"

"이야기하면 이해할 겁니다."

홍 프로는 유라가 가만히 있지 않을 것임을 경고했다.

3라운드에서 공동 9위까지 올라서면서 기세를 올렸지만 최종 라운드에서 주춤하며 공동 14위로 끝냈다.

우승한 태주가 그녀를 위로하기 위해서라도 하와이로 가는 것을 권했지만 태주는 단칼에 잘라 버렸다.

정 쉬고 싶으면 하와이 못지않은 마이애미 저택도 있는데, 굳이 그 먼 곳까지 움직여 시간과 체력을 소비하고 싶지 않았던 것이다.

잘 설득하면 문제없을 것이라고 자신했으나 그건 태주의 망상이었다.

"뭐? 한국에 간다고? 시즌 중인데?"

"끊어!"

당연히 따라올 것이라고 생각했다.

그녀도 한 주 쉬고 LPGA 일정에 따라 다음 대회에 출전해야 한다. 루이지애나에서 멀긴 하지만 어차피 지나는 길목이기 때문에 사나흘 함께 보내며 스윙도 점검해 줄 요량이었다.

그래서 갑작스러운 한국행은 어이가 없었다.

하지만 그 말만 하고 통화를 일방적으로 끊는 바람에 설득하고 자시고 할 것도 없었다. 느낌이 안 좋았으나 지금은 얘기해 봐야 소용이 없다고 생각했다.

"여긴 굉장히 평화롭네요!"

"미시시피 강 삼각주에 위치한 습지라잖아. 샤워를 자주 해야 할 것 같은 찜찜한 더위가 느껴지는 것 같아."

"바다가 가깝거든요. 그래도 사이프러스와 오크 트리가 많아 공기는 굉장히 상쾌하네요."

"코스는 어떨까?"

뉴올리언스는 상당히 번화한 항구도시였다.

그곳에 위치한 공항에 내려 멀지 않은 이동을 했기에 도심 속 코스라는 선입견을 가졌었는데, 아침 일찍 팀원들과 함께 코스를 거닐어 본 느낌은 새로운 감동을 선사했다.

어느 골프 코스가 감동이 없겠냐마는 250에이커의 광활한 습지에 자리를 잡은 TPC 루이지애나는 그 색깔이 분명한 명문 코스라 불릴 만했다.

악어가 공을 물고 있는 클럽의 심볼이 보여 주듯 코스 내에 위치한 폰드(Pond- 호수에 비해서는 작은 사이즈의 연못)에는 습지 생물들이 자연 그대로의 모습으로 생장하고 있었다.

"티가 7개야."

"다양한 플레이어들이 즐길 수 있겠네요. 팀장님, 우리 PGA TOUR 티의 전장은 얼마나 되죠?"

"7,425야드입니다. 상당히 긴 편에 속합니다."

"장타의 향연이 되겠군요."

"근데 중요한 것은 파트너가 아닐까?"

"통산 22승에 빛나는 베테랑 저스틴 로즈는 제 몫을 할 선수입니다. 배울 점도 많을 거고요."

"3년째 우승이 없고 성적이 지지부진해 페덱스 컵 랭킹이 103위인데?"

취리히 클래식은 2017년부터 독특한 경기 방식을 채택하고 있다. 개인 스트로크 방식이 아닌 2인 팀플레이로 치러지는데, 1, 3라운드는 포볼, 2, 4라운드는 포섬 경기다.

파트너와의 호흡이 중요할 수밖에 없는데, 흥미로운 점은 루키인 태주가 텍사스 오픈 우승으로 페덱스 컵 포인트 500점을 획득해 공동 9위에 위치하고 있다는 것이었다.

2인조 80개 팀이 참가하는데, 포인트 80위까지 자동으로 배정이 되며 그 동반자는 PGA 투어 멤버이거나 스폰서 면제를 통해 참가 자격을 획득해야 한다.

때문에 태주에게는 선택권이 있었다.

통상 한국 선수들은 함께 경기에 나서는데, 태주는 그렇게 하지 않았다. 떠오르는 선수가 없진 않았으나 이제 자격을 갖추고 출전한 첫 대회였기에 에이전시에게 일임했다.

그리고 선택된 선수가 바로 저스틴 로즈였다.

4화. 에이스 오브 에이스

골프의 신이 강림했다

"헬렌이 알아서 교통정리를 해 줄 겁니다."

"내가 로즈의 스텟을 살펴봤는데, 정교함도 잃었던데?"

"적어도 매끈한 경기 운영은 가능하지 않을까요?"

"그야 그렇지. 하지만 문제는 그게 아닐지도 몰라."

2019년 파머스 인슈어런스 오픈 우승과 함께 US오픈에서도 3위를 기록하는 등 세계 랭킹 4위를 유지하는 위엄을 보였으나, 그때를 기점으로 그는 내리막을 타고 있었다.

19-20시즌 세계 랭킹 18위, 페덱스 컵 포인트 91위.

20-21시즌 세계 랭킹 42위, 페덱스 컵 포인트 126위.

21-22시즌 세계 랭킹 44위, 페덱스 컵 포인트 103위.

이번 시즌은 조금 나아졌으나 세계 랭킹 41위, 페덱스 컵 포인트는 111위로 까닥하면 또 한 번 페덱스 플레이오 프 참가 자격을 잃을 상황에 처해 있었다.

그래서 홍 프로의 우려가 현실이 될 일은 없다고 생각했 다. 과거의 명성은 이미 흘러갔고 진흙탕에 빠진 지금은 슈퍼 루키로 떠오른 태주와 팀을 이루는 것이 유리하기 때 문이다.

"경험이 많은 그가 파트너에 대한 예의를 잊을 리는 없 다고 봅니다."

"그건 알 수 없어. 너랑 스무 살 차이인 것도 무시할 수 없는 상황이고, 자신에게 유리한 매치가 되었는데도 고작 개막 3일 전에 도착한다는 것도 말이 되질 않아."

"한 식구라잖아요. 그리고 극복할 수 있을 겁니다."

"그래야지…."

혼자만 잘 친다고 우승할 수 있는 방식이 아니다.

포볼은 태주가 선방하면 문제가 없지만 포섬은 교대로 샷을 하는 방식이기에 의외로 성적이 잘 나오지 않는다.

미묘한 신경전도 무시할 수 없어 이븐 파만 쳐도 훌륭하다 고 볼 수 있다. 그래도 최선을 다해 호흡을 맞춰 나가야 하 는데, 코스에 대한 경험이 풍부하더라도 3일 전에 도착해 연 습 라운드를 1번만 하겠다는 속셈은 납득하기 어려웠다.

하지만 마스터즈에 출전하고 영국으로 복귀한 그가 휴식이 필요하다는 의견을 묵살할 수는 없었다.

그래도 차분하게 코스를 돌아보며 하루 푹 쉬었는데, 저녁을 먹고 산책을 하던 태주에게 부친의 전화가 걸려 왔다.

"네? 그, 그게 무슨 말입니까?"

"축하해. 하하하!"

"정말 유라가 아이를 가졌다는 말입니까?"

"그래. 오늘 네 엄마랑 같이 병원에 갔다 왔어. 이 기쁜 소식을 왜 너한테 먼저 알리지 않았는지 모르겠다만, 네 엄마랑 난 네가 무조건 싹싹 빌어야 한다고 본다."

"그 얘길 했으면 제가 무조건 하와이로 넘어갔죠. 그냥 오라고만 우기니…"

유라가 임신을 했다.

현기증이 일 정도로 기쁜 이벤트가 발생한 것이다.

태주도 그 생각을 못한 것은 아니다. 그런 느낌이 강하게 들었지만 유라가 피임을 하겠다고 선언했기 때문에 알아서 조심했을 것이라고 판단했었다.

시즌 중에 일정을 지키는 것은 기본이지만 임신 사실을 확인했다면 당연히 먼저 알리고 함께 축하할 일이었다.

그런데 이 기쁜 상황이 묘하게 꼬여 답답했다.

꼭 이렇게 했어야 하는지 의문이 들었다. 둘도 없이 사랑하는 아내지만 일을 이렇게 처리하는 것은 이해하기 어려웠다.

"우리 집이 불편하지는 않답니까?"

"그래서 더 예쁘다는 거다. 보통 친정으로 조르르 달려가는데, 이 녀석은 본가가 더 편하다니, 이 얼마나 고마운 일이야."

"장모님이 장사하시느라 바빠서 그럴 겁니다. 엄마가 돌봐 주시는 게 나을지도 모르지만, 엄마가 며느리 뒷수발 드는 것도 말이 되질 않는데…."

"뒷수발은 무슨! 어머니는 쉬라고 앉혀 두고 음식을 해서 척척 내놓는데, 그게 왜 내 입에 더 잘 맞는 거지? 유라 손맛이 보통이 아니더구나."

"네. 솜씨가 아주 좋습니다."

"일단은 전화 끊고 유라랑 통화부터 해. 지금 2층 네 방에서 쉬고 있어."

"네."

세상을 다 얻은 것 같이 기뻤지만 막상 전화를 하려니 마음이 무거웠다. 그녀와 왜 이런 벽이 생겼는지 황당했다.

유라에 대한 감정이 바뀐 것도 아니고 서로의 일에 충실할 뿐인데, 모든 것을 터놓고 얘기하지 않는 그녀의 모난 성격이 문제가 되고 있었다.

고집이 세다는 것은 알고 있었으나 부부 간에 불필요한 기세 싸움을 할 것이 따로 있지, 임신 사실을 이렇게 부친의 입을 통해 듣게 된 점은 안타깝다 못해 화가 났다.

뭐든 대화를 통해 합리적인 결론을 도출할 수 있는데, 사람은 쉽게 바뀌지 않는 점을 고려하고 아직 초보 부부라는 것까지 감안해 더 어긋나기 전에 수습해야겠다는 생각이 들었다.

하지만 첫 마디부터 귀에 거슬렸다.

"왜?"

"고유라. 몸은 괜찮아?"

"안 괜찮으면 지금이라도 달려올 거야?"

"……."

현실적으로는 불가하지만 가고 싶었던 마음까지 사라졌다.

아이를 혼자 만들었는가?

그 기쁜 소식을 공유하고 아이의 미래와 평온한 출산을 위해 같이 의논을 해야 하는데, 왜 그렇게 하는 것인지 납득이 되질 않았다.

유라 입장도 생각해 봤다.

힘겨운 퀄리파잉을 통과했고 생애 첫 우승까지 거두면서

생각보다 힘들었을지도 모른다. 점점 더 가중되는 압박감에 시달렸는데, 자기 길 가느라 바쁜 남편이 챙겨 주지 않는다고 생각했을지도 모른다.

하지만 말을 했어야지.

다른 걱정이 있었을 수도 있지만 적어도 그녀를 먼저 배려했고 무슨 일이든 다 들어주려고 노력해 왔다.

때문에 지금 이 상황은 그냥 넘길 수가 없었다.

"왜 말이 없어?"

"네 마음대로 하잖아. 앞으로도 그렇게 쭉 해."

"너 진짜…."

"난 못된 남편이고 널 이해해 주지 못하는 남자잖아. 부디 편안하게 잘 지내고 추후 일정은 박 대표와 잘 상의해서 처리해."

"야!"

"흥분은 해로워. 그만 끊을게."

대체 뭘 바라는 것인지 알 수가 없었다.

하와이에 갔다면 이렇게 어긋나진 않았을까?

그렇지 않다고 판단했다.

힘든 일이 있으면 마음을 터놓고 함께 고민하고 풀어 나가려고 부부가 되었다. 사랑하기 때문에 서로의 일을 자기 일처럼 보듬어 주려고 부부의 연을 맺었다.

하지만 오로지 자기 입장만 고려할 뿐, 남편은 안중에 없다는 생각을 지울 수 없어 속이 상했다.

길고 긴 인생, 바쁠 게 뭐가 있냐고 생각할 수도 있지만 모든 일은 때가 있는 법이다. 더욱이 에이전트 계약까지 맺고 꿈을 현실화시킬 매우 중요한 단계에 접어들었는데, 도와주기는커녕 깽판을 치고 있지 않은가!

'본가에 찾아가 부모님을 이용하려고 했다는 것부터 용납이 안 돼!'

'대체 뭘 하자는 건지….

황당한 상황은 거기서 그치지 않았다.

홍 프로에게는 따로 임신 사실을 알렸는지, 방에서 쉬고 있는 태주의 방으로 흥분한 그녀가 쳐들어왔다.

아무 일도 없다는 듯, 받아 주며 웃는 것은 쉬운 일이 아니었다. 장인 장모님, 하다못해 폰타나에게도 연락이 왔다.

축하한다고.

그러면 안 된다는 것을 알면서도 점점 더 짜증스러웠다.

정말 하늘을 날듯이 기뻐해야 할 일인데, 감정을 추스르지 못하는 자신의 모습도 견디기 힘들었다.

"보스!"

"어? 들어오세요."

"혹시 피곤하시면 조금 더 쉬시겠습니까?"

"아닙니다. 일어나야죠. 어제 잠을 좀 설쳐서요."

임 팀장이 깨워 겨우 눈을 떴다.

시계가 6시 반을 가리키고 있었다.

일찍 자고 새벽 5시면 기계처럼 일어나던 태주가 보이질 않자 같이 운동을 나가려던 홍 프로가 임 팀장을 동원한 것이다.

하루를 후회 없이 알차게 보내기 때문인지, 10시쯤 베개에 머를 대면 바로 숙면을 취하는데, 어젠 잠이 오지 않았으며 자다가 몇 번이나 깼다.

실제로 한숨도 자지 않은 것처럼 피곤해 운동하러 나섰던 태주는 이건 아니다 싶어 침실로 발길을 돌렸다.

그제야 홍 프로가 감을 잡은 것 같았다.

"큰일이네."

"고 프로님 때문인 거죠?"

"응. 임 팀장도 들었지? 임신."

"네. 엄청난 경사인데, 일이 묘하게 꼬이는 것 같습니다."

"유라가 보스한테 얘길 하지 않고 그냥 한국에 들어간 거지? 하와이에 오지 않았다고 삐져서."

"네. 표면적인 이유는 그거지만⋯."

임 팀장이 말을 아끼는 모습이 이상했다.

태주도, 홍 프로도 감을 잡지 못한 것을 알고 있는 눈치였다. 태주는 그걸 알아보지도 신경 쓰지도 않을 것이기에 홍 프로는 묻지 않을 수 없었다.

다른 이유가 더 있냐고.

그리고 이해할 수 없는 이야기를 들었다.

"그러니까 아이를 가진 걸 확인한 게 3주 전이라는 거잖아?"

"네. 보스가 일본에 갔을 때 병원을 다녀오셨습니다. 이 대리한테는 함구하라고 했다는데, 아무 얘기가 없어 의아했습니다. 혹시 안정이 되질 않아 그러나 싶었는데, 그것도 아니라면 왜 보스한테 이제야 이런 방식으로 알리는지 모르겠습니다."

"부부 사이의 일은 아무도 모른다잖아. 일단 좀 지켜보자."

"저는 보고 드릴 의무가 있습니다."

"한나절만 기다려 봐. 어떤 상황인지 파악 좀 해 보고."

그런 상황을 알 리 없는 태주는 다시 침대에 누워 잠을 청했다. 어제 하루 쉬었고 오늘부터 서서히 컨디션 관리에 들어가려고 했는데 하루 더 미룰 수밖에 없다는 판단을 내렸다.

두통이 느껴져 약을 먹은 뒤에야 겨우 잠을 잘 수 있었다.

아무리 피곤해도 이런 적이 없다. 부상 때문에 아플 때도 생활 패턴은 유지했는데, 아내의 임신은 가벼이 넘길 수 있는 일이 아니었다.

더 불편함이 쌓이기 전에 대회를 포기하고 한국으로 들어가는 것도 고려하지 않을 수 없는 상황이었다.

"소연 씨 생각은 어때?"

"저희가 끼어들 문제는 아닌 것 같아요."

"보스가 어젯밤에 한숨도 못 잤는지 일어났다가 다시 방으로 들어가서 자고 있어. 한국은 밤이지만 여긴 지금 7시야."

"프로님 입장에서는 황당하겠죠. 그래서 제가 여러 번 얘길 했는데, 아무래도 우울증 증상이 있는 것 같아요."

"산후 우울증이 있다는 말은 들어 봤어도 임신하자마자 왜?"

"임신우울증도 있잖아요. 그리고 요즘 심리적인 압박감이 굉장했어요. 그럴 필요가 없다는데도 자꾸 보스랑 비교하면서 자책하는데, 이러다 큰일 나겠다 싶을 때도 있었어요."

"휴우! 도대체 뭐가 문제지?"

태주는 두 번째 기회를 얻은 뒤, 승승장구했다.

물론 지금의 결과를 얻기까지 적잖은 노력이 이어졌다.

교통사고 재활부터 군 입대 기간 내내 체력의 한계를 극복하기 위해 입에 단내가 나고 까무러칠 정도로 몰아붙였다.

이후에도 하루를 거르지 않고 기계처럼 훈련했으며 조금의 일탈도 없이 하나의 목표만 바라보고 무섭게 정진했다.

무미건조한 그 삶에 유일한 낙이 바로 유라였다.

그녀는 깜깜한 밤길을 걷는 것 같은 태주를 비추는 별빛이었고, 지치고 메마른 삶에 오아시스와 같은 고마운 존재였다.

어쩌다 이리되었을꼬.

"일어났어?"

"어울리지 않게 웬 독서?"

"심란해서."

"서방님이 그리운 건 아니고요?"

"그것도 그렇지. 근데 우리 아들이 더 보고 싶어."

"여자들은 다 그런가 봐요. 잡은 물고기는 먹이를 주지 않아도 혼자 잘 큰다고 생각하는 건가요?"

"나가자. 배고플 거 아냐?"

임 팀장도 함께 가려고 했는데, 식사를 했단다.

그래도 어딜 가든 동행하는데, 일부러 자리를 피하는 것 같은 느낌이 들어 의아했다.

아니나 다를까, 한 식구라는 느낌이 드는 대화가 오갔다.

"우울증이요?"

"응. 소연 씨랑 통화를 했는데, 요새 부쩍 힘들어 했다나 봐."

"그 정도 각오도 없이 뭘 한다고요! 그동안 이날을 위해 전력을 다해 왔고 가시적인 성과가 나타나고 있는데, 어디 아프거나 나이라도 지긋하면 모를까, 한창 나이인데 그런 나약한 모습을 보인다면 저는 질환으로 받아들일 생각이 없습니다."

"임신 여부는 3주 전에 이미 알았대. 이 얘기는 쉬쉬한다고 감춰질 게 아니라고 생각해서 꺼내는 건데, 난 네가 정말 지혜롭게 대처해야 한다고 생각해."

"임신 사실을 3주 전에 알았다고요?"

홍 프로가 여러 이야기를 했지만 귀에 들리지가 않았다.

모든 것이 뜻하는 대로 이뤄지고 있으며 오히려 너무 잘나가 불안감이 들 정도였다. 그런데 가장 믿는 사람이 초를 친다는 느낌을 받았다.

역시 사람의 마음은 알 수 없다는 생각만 들 뿐이었다.

여심을 잘 모르고 눈치가 없다는 것은 진즉에 인정하는 바다. 첫사랑도 꿈쩍하지 못하고 놓쳤으며, 몇 년을 동거하고 딸까지 낳은 아리야가 야반도주를 하지 않았던가!

'인생 2막을 살면서도 여자는 어쩔 수 없는 건가?'

'그래도 내 아이를 가졌잖은가!'

'아무리 이번 대회가 중요해도 이번에 어긋나면 돌이킬 수 없을 거야!'

'무조건 만나서 풀자!'

커다란 고구마를 먹다가 식도에 탁 얹힌 것처럼 속이 답답했지만 수신제가 치국평천하라고 하지 않았던가!

아이를 가진 아내와 불편한 관계를 씻지 못하면서 성공을 한들 무슨 소용이 있겠느냐는 생각에 마음을 고쳐먹었다.

이 사안은 다른 사람에게 맡길 것이 아니라고 판단해 헬렌과 직접 통화를 했다. 그녀로서는 황당했을 것이다.

대회 참가를 위해 코스에 도착해 숙소를 잡고 대비한다던 사람이 갑자기 불참하겠다니, 대체 무슨 사정인 것인지 꼬치꼬치 묻지 않을 수 없었다.

하지만 밝힐 수 없었다.

일단 에이전시에 통보했고 알았다는 대답을 받은 태주는

그 즉시 임 팀장에게 한국행 비행기를 알아보라고 지시했다.

지금으로서는 유라를 만나 푸는 수밖에 없다고 판단했다. 그런데 일이 묘하게 돌아갔다.

[정말 한국 오려고? 나 물 먹이려는 거야?]
[가서 얘기하자!]
[오지 마! 오면 나 도망칠 거야.]

왜 오지 말라고 하나?

오라고 강요하지 않았던가?

그럴 만한 경사스러운 일이지만 대회 출전을 포기할 만큼 급박한 상황은 아니기 때문일까?

속사정을 모르는 가족들은 납득하기 어려울 것이다.

한국에 들어가는 것이 어떻게 자신을 물 먹이려는 행위라고 단정하는지 납득이 되질 않았다.

'작은 틈이 부부 사이의 신뢰를 이렇게 깰 수 있다니!'

'그냥 웬만하면 다 받아 줘야 하나?'

'시간이 해결해 주려나?'

유라가 원하는 것을 들어주지 않았다.

하와이에 가지 않은 것에 대한 보복을 한 것이라면 그건 거기서 끝이 난 것이다. 지금 들어가게 되면 오히려 제 입장이 곤란해진다고 생각한 것 같아 다시 두통이 찾아왔다.

대체 어디서부터 어떻게 잘못된 것인지 모르지만 작은 다툼이 있을 때도 매번 양보했다고 생각했는데, 그게 능사가 아니라는 생각도 들었다. 어쩌면 유라는 배려받는다고 생각하지 않았을지도 모른다는 생각도 들었다.

결국 한국행은 접었고 예정대로 대회를 준비하게 되었다.

'복잡하게 생각하지 말자!'

'그냥 내가 할 일에 집중하는 거야!'

'때로… 포기하는 법도 배워야지!'

골프도 그렇다.

모든 샷을 자신이 통제할 수는 없다.

다만 경쟁자와 상대적 우위를 점할 수 있는 실력과 배짱을 유지하는 것일 뿐!

하물며 인간관계는 더 복잡할 것이다.

서로의 이해관계가 분명하다면 협상하고 타협할 수 있다.

오히려 이해관계가 아닌 감정과 본능에 충실한 관계이기에 더 복잡하고 미묘한 것인지도 모른다.

22살인 그녀에게 너무 많은 것을 바란 것일지도.

그래서 박찬우 대표와 긴 통화를 했다.

미안하지만 뭐든 유라가 바라는 대로 해 달라고 부탁했다.

* * *

"유라가 너무 김 서방을 휘어잡으려고 해."

"그게 무슨 소리야?"

"남편을 쥐 잡듯이 하려는 것 같다고. 언니도 알지만 김 서방이 자기 일에 철저하지만 워낙 점잖고 조용하잖아. 근데 떨어져 지내는 시간이 길어서 그런지, 자꾸 고집을 부리더라고."

"예를 들어 봐."

"자기가 하와이에서 경기를 한다고 같이 가자고 하더라고. 김 서방도 중요한 일정이 있는데. 더 신경 쓰인 것은 자기랑 놀아 주지 않는다고 귀국을 한 거야. 어쩐지 이상하다 싶었는데, 임신한 걸 얘기도 하지 않았더라고."

"그게 무슨 소리야. 이번에 알게 된 거 아니었어?"

"아니야. 임신한 걸 모르고 어떻게 시즌 중인 프로가 한국에 들어와."

"이년이 미쳤네! 애 가진 게 무슨 대단한 거라고 위세야!

배부르려면 아직 멀었는데, 친정도 아닌 친가에 들어가 여우 짓을 할 때부터 이상하더라고!"

고모가 보다못해 장모님과 상의한 것은 다행이었다.

전화를 하는 일이 거의 없으신 분인데, 어렵게 전화하셔서 아무 걱정하지 말고 일 열심히 하라고 격려해 주셨다.

직접적인 얘기는 하지 않으셨지만 부부 사이에 금이 간 것을 아는 눈치셨다. 그리고 난 김 서방이 좋고 김 서방을 믿는다는 뜬금없는 말씀을 하셨는데, 순간 울컥했다.

사위 사랑은 장모라더니!

컨디션 조절에 들어갔지만 집중이 되지 않던 태주의 두통이 사라진 것도 장모와의 그 통화를 마친 뒤부터였다.

"오늘은 혈색이 좋네?"

"장모님이 전화를 주셨습니다. 유라도 엄마처럼 되겠죠?"

"보통 딸들은 엄마를 많이 닮지…."

"이제 잡념을 떨치고 집중할 수 있을 것 같습니다. 페이스를 좀 올려 볼까요?"

"좋지!"

월요일에 도착해 하루 쉬었지만 어느새 주말이었다.

화요일에 공식 연습 라운드가 있고 수요일에는 자선 라운드가 있기 때문에 스윙을 가다듬을 시간적인 여유가 충분하진 않았다.

하지만 잡념을 떨치는 순간부터 스윙이 달라졌다.

그리고 월요일에 온다던 파트너가 일요일 낮에 나타났다. 같은 에이전시 소속이라는 이유밖에 없는 친분이며 아직 인사도 나누지 않았는데, 기대를 벗어나지 않았다.

"연습벌레라더니, 정말 대단하군요. TJ."

"오시는 줄 알았으면 마중이라도 나갔을 텐데, 구경을 하셨습니까?"

"정말 스윙이 좋군요. 오늘 저녁에 이벤트가 있다던데, 역전의 용사들이 다 모이겠군요."

"아! 그렇습니까?"

"아마 자네 신고식을 하려는 것 같던데, 얘기 못 들었나?"

"헬렌이 온다는 소식은 들었습니다. 만찬이 있다고 하더니 에이전시 계약 발표를 하려는 거였군요."

그것 때문이라도 하루 일찍 온 정성이 반가웠다.

하지만 긴 비행에 피곤하다며 바로 쉬러 나가는 그를 보며 안타까웠다. 연습장에 왔으면 몸이라도 풀 줄 알았는데.

하기야 마흔이 넘으면 젊은 선수들에 비해 몇 배의 노력을 기울여야 한다. 컨디션 조절을 위해 무리하지 않는 것도 현명하다고 판단해 더는 부정적인 생각을 하지 않기로 했다.

그가 떠난 지 한 시간도 지나지 않아 헬렌이 나타났고 이곳 클럽하우스 레스토랑에서 오늘 무슨 이벤트가 있는지 설명했다.

"이런 계획이 있는데, 한국에 들어간다고 했으니…. 하하하!"

"그러니까요!"

"그러니까 일정은 미리미리 알려 주십시오. 언제든 상관은 없지만 제 계약 사실을 알리는 이벤트를 오늘 통보받는 일이 또 일어나지 않기를 바랍니다."

"어머! 미안해요."

씩 웃고 말았지만 가볍게 넘길 사안은 아니다.

뭐든 선수의 입장부터 고려해야 하는데, 자기 사람을 심지 못한 것에 대한 불만을 이렇게 표하는 것 같아 짚고 넘어가지 않을 수 없었다.

만찬장에 가 보니 이해가 됐다.

저스틴 로즈도 앞자리에 앉지 못했다. 더스틴 존슨, 저스틴 토마스, 스코티 셰플러, 브룩스 켑카, 대니얼 버거와 같은 최고의 현역들이 살아 있는 전설인 필 미켈슨의 농담에 박장대소를 터트리고 있었다.

놀랍게도 태주보다 세계 랭킹이 낮은 선수는 한 명도 없었다. 페덱스 컵 포인트와는 달리 세계 랭킹은 2년 치 성적을 토대로 산출하기 때문이었다.

"우리 오리엔탈 슈퍼 루키가 입장을 했군!"

"안녕하십니까? 필."

"반가워. 내가 우리 멤버들을 소개해 주지. 얼굴을 모르는 선수도 있을 테니까. 하하하!"

"고맙습니다."

듣던 대로 필 미켈슨은 화통한 성격의 소유자였다.

1970년생인 그의 세계 랭킹이 33위다. 지난해 50대 최초로 PGA선수권 우승을 거머쥐면서 최고 영향력을 발휘하고 있다.

장기 부상 중이지만 랭킹이 598위까지 떨어진 타이거 우즈에 비하면 그는 아직도 경쟁력을 갖춘 최고의 선수였다.

그런 자신감 때문인지, 태주를 직접 안내하며 에이전시 소속 멤버들을 일일이 소개하는데 다들 일어나 예의를 갖췄다.

그가 아니었다면 있을 수 없는 일이기에 감사했다.

더 에이스의 준비는 철저했다.

최고급 만찬을 준비했고 기자들에게도 테이블을 배정해 긍정적인 기사가 나오도록 대비했으며, 주인공이 들어와 인사를 마치고 착석하자 행사가 바로 시작되었다.

"여러분께 더 에이스의 새로운 멤버를 소개하겠습니다. 에이스 오브 에이스가 될, 데뷔 7연승에 빛나는 TJ KIM입니다!"

"뭐야? 우린 이제 쭉정이가 된 건가?"

"호호호! 젊은 선수들에게 밀리지 않으시려면 더 열심히 하셔야 해요. 레프티!"

"크! 가장 중요한 계약 내용도 밝혀야지. 헬렌."

"천천히 가시죠. 일단 TJ를 다함께 박수로 맞이해 주시면 고맙겠습니다."

이미 사인한 계약서를 가져와 흉내만 냈다.

기사용 기념 촬영이 이어졌고 넉살 좋은 미켈슨도 앞으로 나와 에이스 오브 에이스가 될 태주에게 잘 보여야 한다면서 화기애애한 분위기를 이끌었다.

왜 그가 PGA 투어가 신설한 선수 영향력 프로그램(PIP) 1위를 차지해 두둑한 보너스를 챙겼는지 알 수 있는 장면이었다.

현실적으로는 거의 불가능해 보이지만 PGA 투어에 대항하는 새로운 골프 투어 창설에 대한 이야기들이 오가고 있었다.

이미 예고된 프리미어 골프 리그와 막대한 자본을 앞세

운 사우디의 도전에 맞서 선수 이탈을 막기 위해 신설된 프로그램 PIP로 큰 수혜를 누린 주인공다웠다.

- 더 에이스에서는 TJ KIM이 정말로 최고의 선수가 될 수 있다고 보십니까?

"여기 모이신 탑 랭커들에게는 송구한 말씀이지만 저희는 그렇게 판단하고 있습니다. 비록 지난주에 2부 투어를 다녀왔지만 여러분도 아시지 않습니까? 7연승, 그거 아무나 가능한 겁니까?"

- 그래도 PGA 투어 우승은 1번뿐인데, 너무 과대광고를 하시는 거 아닙니까?

"어머! 기자님은 어떻게 더 잘할 수 있다고 생각하죠? 참가한 대회 전승, 아마 여기 앉아 계신 최고의 프로들도 데뷔 시즌을 생각해 보면 그 위업을 인정하지 않을 수 없을 겁니다."

사람을 앉혀 두고 기자들과 오가는 대화가 너무 과했다.

기자들은 물론 소속사 동료들도 기분 좋을 수는 없는 논란을 불러일으킨 셈이었다. 어찌 되었든 제대로 붙어 본 적이 없는데, 무조건 인정하라고 강요하는 것처럼 느껴질 것이다.

그렇다 보니 나서지 않을 수 없었다.

"잠깐만요!"

"아! 본인이 할 말이 있으신 모양입니다. 이참에 TJ KIM의 포부에 대해 들어보시길 바랍니다."

"헬렌. 저에 대해 좋게 평가해 주셨고 과분한 지원을 아끼지 않은 점, 심심한 감사를 표합니다. 하지만 하늘같은 선배님들을 모시고 할 수 있는 말은 아닌 것 같습니다."

"아! 그렇긴 하지만 이해해 주실 겁니다. 오늘 이 자리는 당신의 새로운 출발을 위해 마련되었고 다들 그렇게 축하를 받으며 출발했거든요."

"축하받기를 원한다면 더더욱 머리를 숙여야 한다고 생각합니다. 혹시 제가 오늘 건방져 보였다면 널리 양해해 주시길 청합니다. 저는 든든한 에이전시의 지원 아래 출전하는 모든 대회, 최선을 다해 좋은 결과를 내도록 노력하는 모습을 보여 드리겠습니다. 부디 좋게 봐주시기를 부탁드립니다!"

적시에 나서길 잘했다는 생각이 들었다.

동료 프로들의 표정이 그리 말해 주고 있었기 때문이다.

이후 만찬을 나누며 새로운 소속감을 느끼게 되었는데, 슈퍼 에이전시의 위력을 실감한 자리였다.

더 에이스는 골프뿐만 아니라 야구, 미식축구, 풋볼, 농구 등 다양한 스포츠 선수들을 관리하는데, 이름만 들어도 알 수 있는 스타들이 즐비했다.

연간 4회가량 대대적인 파티를 여는데, 그 사교를 통해 자신이 얼마나 성공했는지 체험하게 된다고 했다.

'몸값으로 줄을 세우는 프로니까 이해는 하지만 진정한 스타라면 인정은 팬들에게 받아야지!'

'프로 스포츠의 병폐인가?'

'결국 끼리끼리 잘해 먹자고 PIP 같은 프로그램도 운용하는 거잖아!'

전에는 생각 자체가 없었다.

하지만 2년 연속 선수 영향력 프로그램(PIP) 1위를 차지해 연간 800만 달러의 보너스를 챙긴 미켈슨을 보고 있노라니, 뭐가 잘못되었는지 깨달을 수 있었다.

죽어라고 노력하고 고생해도 100만 달러를 벌지 못하는 프로들이 숱하다. 개최 지역이 해외까지 뻗어 있을 만큼 광범위하고 대회가 열리는 장소는 대부분 체류 경비가 높아 돈이 없어 포기하는 선수들도 적지 않다.

빚을 지면서 근근이 버티는 선수들도 있는데, 소위 '있는 자들의 돈 잔치'에 연간 5000만 달러를 쏟아붓는 건 바람직하지 않았다.

'스타 유출을 막겠다는 건데, 시드 보유자들의 최소 생활을 보장해 주는 것이 더 현명한 조치 아닐까?'

'하기야 당장 나부터 스타 마케팅의 주인공이 되고 있으니!'

선수 영향력 프로그램(PIP)의 순위 산정은 해당 연도 포털 검색량, 소셜 미디어 노출 빈도, 글로벌 미디어 관심도, 중계방송 노출량, Q-스코어(플레이어 어필) 등 5개 부문을 수치로 환산해 선수의 임팩트 점수를 매긴다.

때문에 당장의 성적보다는 통산 커리어와 이미지가 중요한데, 만 51살의 나이로 생애 5번째 메이저 대회 타이틀을 거머쥐면서 새로운 프로그램의 주인공이 되었다.

연간 5천만 달러를 그런 것에 투입하는 것부터 넌센스였다. 차라리 생활이 어려워 투어를 뛰고 싶어도 제한받는 이들에게 분배하면 기반이 더 튼튼해질 텐데, 그 판단이 아쉬웠다.

* * *

"왜 한마디도 안 해?"

"원치 않는 것 같았습니다."

"하기야 볼 때마다 웃고는 있지만 정말로 웃는 것은 아닌 것 같았어. 왜지?"

"인정하고 싶지 않은 겁니다. 보는 눈이 있으니 일단 연습을 같이 하지 않을 수 없는 것일 뿐!"

"에이! 코쟁이들 하는 짓이 왜 다 그럴까?"

"차별은 뿌리 깊은 감정이고 정확히 인지하기 전까지 본인 스스로도 차별적인 시각을 가졌다고 느끼지 못할 겁니다. 매너 좋은 사람이라고 생각하다가 뭔가 눈에 거슬리면 불쑥 튀어나오는 거죠!"

"그럼 어쩌지?"

"뭘 어쩝니까? 실력으로 말해야죠. 크크크."

매너 좋고 밝은 성격을 가진 사람이었다.

하지만 정해진 시간만 함께할 뿐, 최선을 다하는 모습은 아니었다. 썩어도 준치라지만 스윙이 좋다고 볼 수는 없었다.

오죽하면 그가 한창 잘나갈 때 경기 영상을 찾아봤을까.

하지만 개의치 않고 착실하게 준비했다.

팀 경기여서 여타 대회와 다른 분위기였다.

태주와 저스틴 로즈도 전문가들에게 꽤 좋은 조합으로 평가받았다. 장타와 정교함이 잘 어울린다고.

- 와우! 티샷이 무시무시하군요!

- 베리텍스 챔피언십 우승을 거두고 한 주 푹 쉬면서 컨디션 조절을 했다고 합니다. 아직 22살이라서 혈기왕성한 나이인데, 치면 치는 대로 날아가니 겁날 게 없는 거죠!

- 루키인데도 연간 1500만 달러의 대형 스폰서십을 맺은 걸 보면 더 에이스에서는 그의 가능성을 매우 높게 본다는 거 아닙니까?

- 이번 대회가 관건이 될 것 같습니다. 사실 TJ의 경기를 쭉 지켜본 전문가들은 더 이상의 검증은 필요 없다고도 하지만, 톱랭커들이 모두 참가한 이 대회에서 결과를 낸다면 더는 왈가왈부하지 못할 겁니다.

NBC 해설자 브랜든은 이미 태주를 인정한 바 있다.

그 역시 선입견이 있었으나 생중계를 하던 도중에 개과천선한 케이스였다. 하지만 아직도 태주의 진면목을 보지 못한 많은 이들이 의문부호를 떼지 않았다.

태주 입장에선 어이없을 수도 있으나 좋게 해석했다.

아직 보여 줄 것이 남아 고맙다고.

1라운드는 포볼 경기다.

두 개의 팀, 4명의 선수가 각자 플레이를 하지만 각 팀에서 좋은 스코어를 기록한 성적만 반영하는 방식이었다.

때문에 굳이 로즈의 샷을 신경 쓸 필요가 없다.

그래도 첫날 상위권에 들기 위해서는 적어도 -8은 쳐야 한다. 한 명이 실수를 해도 파트너가 커버하기에 의외로 굉장히 좋은 성적이 나오기 때문이다.

1번 홀 401야드 파4 홀에서 그가 안전하게 301야드를 보내 페어웨이를 지키자 태주는 과감한 장타를 시도했다.

"와우! 첫 판부터 340야드인가?"

"브라더가 페어웨이를 잘 지켰으니 전 속 편하게 칠 수 있었습니다. 파이팅 한 번 하시죠!"

"파이팅?"

"네. 이거!"

하이파이브였다.

아직도 한국식 영어를 버리지 못했지만 이럴 때는 매우 유용했다. 첫 홀 342야드 티샷에 성공한 태주는 펄펄 날았다.

3번 홀까지 사이클 버디를 기록하며 완벽한 경기력을 보이자 로즈도 4번 홀 세컨샷을 핀에 바짝 붙이며 팀 성적에 기여하기 시작했다.

티샷 341야드를 때려 122야드를 남긴 태주도 버디 기회를 놓치지 않으며 거한 하이파이브를 나누는 광경을 연출했다.

- 국적이 다른데, 저렇게 호흡이 잘 맞을 수가 있나요?

- TJ가 경기를 확실히 리드하기 때문일 겁니다. 최근 샷 감각이 좋지 못했던 로즈도 그의 살아 있는 스윙을 보며 영감을 얻을 가능성이 높습니다.

- 적이 아니라 동지이기 때문이겠죠?

- 그렇죠! 브라이스 가넷과 스콧 스톨링스 팀은 작년에 공동 11위를 기록한 팀으로, 첫날 10언더를 쳐서 단독 1위에 올랐던 환상의 호흡인데, 기가 질릴 듯 밀리고 있지 않습니까!

- 확실히 골프는 상대적인 경기로군요. 그저 자기 플레이만 잘하면 될 것 같은데, 실제는 경기는 그렇지가 않더군요.

- 참 오묘하죠!

똑같이 버디로 시작했다.

하지만 롱홀인 2번 홀에서 태주가 아이언으로 2온을 시켜 버리자 경쟁자들의 샷이 눈에 띄게 흔들리기 시작했다.

5번 홀에서 잠시 주춤했지만 TJ- 로즈 팀은 6번 홀에서 다시 버디를 잡았고, 태주의 7번 홀 공략은 좌중을 압도하고도 남을 뚜렷한 족적을 보여 줬다.

543야드 파5 홀이며 우측으로 휘는 도그렉 홀인데, 아예 꺾이는 방향을 고려해 나무숲을 넘기는 에이밍을 했고 무려 354야드를 때려내며 페어웨이에 공을 올리고 말았다.

- 숲을 넘기니까 173야드가 남는군요!
- 전장은 페어웨이 중앙을 기준으로 잡은 겁니다. 354 야드를 찍었지만 실제로 375야드를 날린 효과가 나는 겁니다. 문제는 티샷의 탄도가 사이프러스를 넘길 만큼 높으면서도 캐리 335야드를 확보해야 하기 때문에 이전에도 시도한 선수는 꽤 많지만 성공한 선수는 몇 되지 않습니다.
- 로즈가 먼저 안전한 티샷을 성공했기 때문에 마음 놓고 때릴 수 있었던 거군요.
- 그렇습니다. 전문가들의 예상이 맞아떨어졌다고 봐야 합니다. 장타와 정교함의 조화!

캐스터는 할 말이 있는 표정이었으나 삼켰다.
장타는 TJ를 의미하고 정교함은 로즈를 의미하는 것 같은데, 아무리 봐도 TJ가 더 정교한 샷을 보였기 때문이다.
하지만 그럴 수밖에 없다.
로즈가 안전한 티샷을 성공하다 보니 태주는 편안하게 장타를 날릴 수 있었고, 웨지를 잡을 거리를 남기게 되니

핀에 쩍쩍 붙을 수밖에!

"이러다 사고 치겠어!"

"포볼 경기 18홀 최저타 기록은 얼마죠?"

"공식 기록은 없을걸! 하지만 혼자 치는 것보다는 좋겠지. -14쯤 되려나?"

"이번 홀 이글 성공하면 7번 홀까지 7언더가 되는 거죠?"

"응. 미친 거지!"

"로즈가 잘 따라와 줘서 다행이네요."

"그러니까! 스윙도 좋아졌어."

태주는 173야드를 8번 아이언으로 컨트롤하기로 결정했다.

자신감 넘치는 피치 샷(pitch shot- 아이언으로 백스핀을 걸고 높게 쳐 올려, 그린 위의 목표 지점에 정확히 멈추도록 때리는 샷) 결과는 깃대를 살짝 오버하는 듯 보였으나 스핀이 걸린 공이 홀컵으로 후진을 하자 비명이 그치질 않았다.

8번 아이언으로 백스핀을 거는 것이 얼마나 난해한 기술인지 알고 있다는 듯, 태주의 닉네임을 연호하는 팬들의 뜨거운 반응에 입가에 미소가 절로 피어올랐다.

"쟤넨 사람이 아니로군!"

"괜찮았습니까?"

"기가 막혔어! 임팩트를 가할 때 클럽 페이스 각도를 자네처럼 자유자재로 컨트롤하는 선수는 처음 봐. 우즈의 전성기를 보는 것 같다고나 할까?"

"고맙습니다. 제가 한때 피치 샷에 목숨을 걸었었거든요. 아버지의 특기인데, 그거 익히느라 클럽 여러 개 해 먹었을 정도입니다."

"아! 부친도 프로셨나 봐."

"네. 재능으로만 따지면 탈인간 등급이었죠! 흐흐흐."

억지로 친분을 쌓으려고 하지 않았다.

하지만 골프라는 공동의 주제에 직면하게 되자, 그리고 확실한 실력을 보여 주자 그의 선입견이 저절로 걷히고 있었다.

적이 아닌 동지인 것이 다행이라고 느껴질 테니 더더욱 그럴 수밖에 없을 것이다. 이번 대회를 통해 포인트를 쌓는다면 125위 턱걸이에 목을 매지 않아도 된다.

그 가능성이 없었다면 아무리 헬렌이 추천을 했어도 낯선 매치 업에 동의하지 않았을 확률이 높다. 티오프가 되면서 가시적인 성과가 보이기 시작하자 친동생 대하듯 상냥해진 그가 퍼팅 라인을 보는데도 끼어들었다.

"생각보다 경사를 많이 봐야 할 거야."

"좌측 10cm를 보면 될까요?"

"cm 단위가 익숙하지 않는데… 대략 5인치?"

"인치보다 cm 단위가 더 작아 그걸 쓰는 게 더 정확할 겁니다."

"그것도 그러네. 하하하."

1인치는 2.54cm다.

때문에 인치 단위보다는 cm가 더 정교할 수밖에 없다.

오랜 습관을 버리긴 어렵겠지만, 그가 권하는 대로 5인치, 12.7cm를 봤고 한 치의 오차도 없이 홀컵으로 빨려 들어갔다.

설사 틀렸다고 하더라도 그 말을 들었을 것이다. 파트너와의 호흡은 당장의 1타보다 더 중요하다고 판단했기 때문이다.

4일간 72개의 홀을 함께해야 하고 포섬 경기까지 치러야 하기 때문에 서로에 대한 신뢰와 관심은 절대적이었다.

그런데 정확히 들어가면서 손바닥을 마주친 순간, 이번 대회 우승을 할 수도 있다는 확신이 진하게 느껴졌다.

- 7번 홀까지 7언더로군요. 이게 말이 되나요?

- 아무리 월등한 실력을 갖췄더라도 TJ 혼자서는 만들 수 없는 스코어죠. 일단 로즈가 안정적인 플레이를 깔아

주면서 성큼성큼 앞서갈 수 있는 기반을 마련한 셈이니, 환상의 호흡이라고 하지 않을 수가 없습니다.

- 골프 팀플레이의 진수를 보는 거군요!

- 그렇습니다. TJ KIM의 압도적인 기량과 퍼포먼스는 다시 봐도 정말 대단하네요. '에이스 오브 에이스'라는 표현이 그보다 어울릴 선수가 또 있을까요?

더 에이스 에이전시 소속으로 어제 만찬에 참석한 선수들은 이른바 '에이스'라고 불려도 이상하지 않을 고수들이다.

아무리 슈퍼 루키와 초대형 계약을 맺었어도 에이스 오브 에이스라는 표현은 너무 과한 게 아니냐는 의견이 있었다.

동양 선수의 한계가 있을 수밖에 없다는 선입견도 작용한 반감이었는데, 그 기사를 대하고 공감한 이들이 적지 않았다.

하지만 브랜든은 용감했다.

생방송 중에 나름 합리적인 근거를 대면서 그런 생각을 정면으로 반박하는 의견을 드러냈다. 직설적인 언급은 피했지만 알 만한 사람은 다 알아들을 확실한지지 의견이었다.

그리고 결과로 말했다.

[저스틴 로즈를 하드 캐리 한 TJ, -13로 4타 차 단독
선두]

[로즈와 TJ 환상의 조합! 취리히 클래식 첫날부터 대형
사고]

[드라이브 평균 비거리 338야드, 페어웨이 적중률
100%! 에이스 오브 에이스인가?]

[데뷔 후 프로 투어 7연승, 타이거 우즈와 어깨를 나란
히 한 TJ KIM. PGA에서도 통할까?]

[이론의 여지는 있으나 그는 홀로 빛났다! 거침없는 장
타에 자로 잰 듯 정확한 아이언 샷, 막을 자가 있을까?]

다소 묘한 시선도 있었으나 결과 앞에서 딴소리는 통하
기 어려웠다. -13을 기록한 경기 내용 중에 로즈가 기여한
언더파는 단 하나, 아무리 포볼 경기였다고 하더라도 이글
포함 -12를 기록한 선수를 비판할 기자나 전문가는 없었
다.

이대로 쭉 와이어 투 와이어 우승이 가능할 것 같았으나
둘째 날은 다른 생각이 들게 만들었다.

로즈가 해맨 것은 사실이지만 태주도 날카롭지 못했다.

첫 홀부터 그런 것은 아니었다.

"정말 술 냄새였다니까!"

"알아요. 하지만 물증도 없는 얘기는 오해만 살 겁니다. 그리고 저도 딱히 잘한 건 아니잖아요."

"너로서는 어쩔 수 없었잖아. 골프라는 게 안 되는 이유가 수만 가지야. 파트너가 그 모양인데 샷이 좋은 게 더 이상하지!"

"그것도 변명이 될 수는 없습니다. 중요한 것은 오늘의 좋지 않았던 느낌을 지워내는 겁니다. 얼른 연습장이나 가죠!"

이븐 파를 기록했다.

최악의 성적은 아니다.

가장 나은 팀이 고작 −3이고 그 뒤로 다닥다닥 붙었을 뿐.

어제 벌어 놓은 성적 때문에 예선 합계 성적은 여전히 2타 차 단독 선두였다. 게다가 신경 쓰일 일이 워낙 많아 샷이 무뎌졌을 뿐, 눈에 띄는 큰 실수가 있었던 것도 아니다.

하지만 태주는 심각했다.

경기 내용보다 더 실망스러운 것은 경기 내내 침울하던 로즈가 라운드를 마친 뒤, 말 한마디 없이 사라진 것이었다.

홍 프로는 인간도 아니라고 매도했으나 태주는 생각이
좀 달랐다. 어제의 작은 성공에 고무되어 술을 한 잔 마신
것부터 실수이긴 하지만, 확인할 수도 없는 상황에서 매도
할 수는 없다.

다만 연이은 미스 샷에 당황해 주변을 살피지 못한 스스
로를 자책했는데, 그 정도가 너무 심해 걱정스러웠다.

'이미 끝난 경기를 붙잡으면 무슨 소용이 있냐고!'

로즈를 만나 위로해 주고 싶었다.

하지만 몸이 움직이진 않았다. 태주도 적잖이 실망을 했
기 때문이었다. 또한 역효과가 날 수도 있음을 경계했다.

새파란 후배에게 못 볼 꼴을 보였는데, 되레 위로한다고
찾아오면 아무리 의도가 좋아도 곱게 보일 리가 없을 것이
다.

그래서 모든 상념을 떨쳐 버리고 흐트러진 스윙부터 바
로잡으려고 연습에 땀을 쏟았다.

80개 팀 중에서 이제 38개 팀만 남았다.

겪어 봤듯이 2타 차가 안전할 수는 없기에 로즈가 어떤
컨디션을 보이든 일단 3라운드에서 본인만이라도 선방해야
한다는 생각이 짙었다.

                            * * *

"여보. 아무래도 좀 이상해요."

"유라 말이오?"

"네. 아무리 중요한 대회 중이라지만 서로 연락도 하지
않는 것 같아요. 와이프가 아이를 가졌는데, 다정다감한
우리 태주가 왜 거리를 둔다는 느낌이 들죠?"

"그냥 모른 척합시다."

"뭐가 있는 거죠? 당신은 알고 있는 거고."

상도는 긍정도 부정도 하지 않았다.

감정에 둔감한 보영은 이제야 눈치를 챘지만 상도는 진
즉에 알아봤다. 임신을 했더라도 당장 투어 출전을 포기하
고 귀국할 상황은 아니었기 때문이다.

하지만 처음부터 지금까지 모른 척했다.

태주 지원팀을 통해 전후 사정을 다 파악하고 있었음에
도.

핏줄에 대한 집착이 대단하다고 볼 수도 있으나 보영이
꼬치꼬치 캐묻자 밝힌 내용에 보영도 고개를 끄덕이고 말
았다.

"난 태주를 믿소!"

"둘 다 어려요. 이제 겨우 스물두 살이라고요."

"나이가 중요하진 않소. 태주 녀석이 하는 것을 보면. 난 적어도 제 여자 한 명 건사하지 못할 남자는 아니라고 보기 때문에 그 녀석이 말을 꺼낼 때까진 모른 척할 것이오."

"세상살이하고 여자 문제는 다르잖아요. 전 불안해요."

"시행착오도 겪고 그러는 거 아니겠소. 지금은 자랑스러운 아들이지만 꼴도 보기 싫었던 시절도 있었다는 것을 잊지 마시오."

"네… 저도 당신 뜻을 따를게요."

아들이 변모하면서 상도도 더불어 변했다.

가정적이며 아내에게도 존대를 쓰는 등, 세상 풍파에 한껏 날카로워졌던 성격이 무던하고 원만하게 변하고 있었다.

그 변화에 보영도 남편을 존중하고 의지하게 되었다.

여하튼 같은 공간에 머물다 보니 유라의 이상한 행보가 눈에 띄지 않을 수 없었다. 티 내지 않으려고 애썼지만 보영이 알아챘을 정도면 둘 사이는 의외로 심각하다는 의미였다.

그래도 상도의 고심 어린 말을 듣고 공감한 보영은 아무 일도 없던 것처럼 지내고 싶었으나 그게 뜻대로 되지 않았다.

생각이 길어질수록 타지에서 고생하는 아들이 가엽다는 생각이 들었기 때문이다. 급기야 안사돈과 식사 약속을 잡기에 이르렀다.

* * *

"어? 왔어?"

"로즈. 왜 이렇게 일찍 나오셨습니까?"

"반성이랄까? 어젠 정말 돌아보고 싶지도 않거든."

"착한 브라더로 돌아와 다행입니다. 크크크."

미안했다.

그 한 마디면 충분한데, 그 말을 아끼느라 말이 길었다.

하지만 19살이나 많은 그가 반성의 의미로 아무도 없는 이른 아침에 연습장에 먼저 나와 기다린 것만으로도 충분했다.

그는 태주더러 자신의 스윙을 봐 달라고 부탁했다.

수만금을 내놓고 부탁해도 들어줄지 말지 고심할 비싼 레슨이건만, 너무도 당당한 그의 요구에 헛웃음을 터트릴 수밖에 없었다.

하지만 태주도 원하던 바였다. 그의 스윙이 잡혀야 자신도 좋은 경기력을 보일 것 같아 관심을 가지고 지켜봤다.

5화. 필드의 정복자

골프의
신이
강림했다

"테이크백(take back- 백스윙 위해 클럽을 뒤로 빼는 동작)이 너무 플랫한가?"

"왜 그렇게 느끼십니까?"

"타구의 끝이 자꾸 감기는 느낌을 받거든."

"스윙 궤적은 한창 좋을 때와 크게 다르지 않습니다."

"오우! 내 이전 스윙과 비교를 해 봤나?"

"네. 잘 맞은 타구가 훅이 걸리는 이유는 심리적인 요소가 작용한 것 같습니다."

"심리적인 요소?"

"극히 미세하지만 예전과 달라진 점은 임팩트 후에 헤드를 감는 듯 당기는 것인데, 자신감 결여가 원인으로 보입니다."

"헤드를 더 과감하게 던져 주란 말이로군!"

"네. 2016년 리우 올림픽 금메달을 딸 때는 도끼로 장작을 패듯이 후려 갈기셨는데, 그 맛이 느껴지질 않습니다."

"아! 자네 정말⋯."

태주가 자신에 대해 깊이 고심한 흔적을 느낀 것 같았다.

불만을 터트려도 이상하지 않은데 꾹 참고 있었음을 깨달은 그는, 원 포인트 레슨의 효과가 나타나자 마침내 미안했다는 표현도 꺼냈다.

비온 뒤에 땅이 더 굳어진다고 했던가!

저스틴 로즈는 3라운드에서 감을 회복하지 못한 태주를 대신해 경기를 리드했다. 정작 로즈는 샷은 살아났는데, 정교함을 회복하지 못한 태주는 적잖이 당황했다.

팀플레이의 난점이 바로 그런 것이었다.

부담이 배가 되어 특유의 장점이 드러나질 못했다.

"넌 그게 문제야."

"뭐요?"

"왜 네가 다 짊어져야 한다는 생각을 하냐고?"

"주체적인 사고가 잘못된 것은 아니죠."

"이틀 동안 네가 잘 리드해서 1위를 유지하게 만들었잖아. 그러니까 부담 가지지 말고 편안하게 쳐. 제발!"

"알았습니다."

참 공교로운 상황이었다.

홍 프로의 말이 틀리지 않아 부담을 떨치고 편하게 경기하려고 했으나 마음과 실전의 괴리는 좀처럼 좁혀지지 않았다.

똑같은 코스에서 라운드가 반복되면 적응이 되어 더 좋은 스코어를 내야 한다는 생각에 조급해진 면도 없지 않았다.

로즈는 1라운드처럼 안정된 샷을 보였고 그린 적중률도 높았는데, 장타를 가동한 태주의 샷은 좌우를 넘나들며 도움이 되질 못했다.

이러다 입스(YIPS- 압박감이 느껴지는 시합에서 불안감이 증가해 근육이 경직되면서 평소에는 잘하던 동작을 제대로 못 하게 되는 현상)가 오는 건 아닌지 염려가 될 정도였다.

- TJ가 오늘 많이 흔들리네요.

- 어떻게 매일 잘 칠 수 있겠습니까. 그도 인간인데! 팀

경기이기 때문에 더 부담을 느끼는 것 같습니다.

– 인간이 맞긴 하지만 지금까지 워낙 인간 같지 않은 플레이를 보여 주지 않았습니까? 역시 PGA 무대가 주는 부담감이라고 봐야 하나요?

– 인정합니다. 조금만 흔들려도 잡아먹을 듯 추격을 해 오니 심적인 압박감은 이루 말할 수가 없죠!

– 저스틴 로즈가 오늘 노장이 살아 있음을 보여 주는 것 같아 정말 다행이군요. 어젠 왜 저러나 싶을 정도로 좋지 않았는데, 하루 사이에 둘의 영혼이 바뀐 것처럼 달라졌습니다.

이날 로즈-TJ 팀은 결국 –6로 경기를 마치면서 공동 선두를 허용하고 말았다. 보기 없이 6타를 줄였는데, 태주가 기여한 홀은 공교롭게도 하나뿐이었다.

첫날과 완벽하게 뒤바뀐 셈이다. 1라운드에서 –13을 칠 때만 해도 우승은 따 놓은 당상이라고 여겼는데, 이븐파에 이어 –6을 기록하자 마침내 추격을 허용하고 말았다.

54홀 –19는 믿기지 않는 기록이건만 PGA가 어떤 무대인지 확실하게 보여 준 스코어가 아닐 수 없었다.

"TJ. 괜찮다면 이따 저녁 식사나 같이할까?"

"좋죠."

저녁을 먹으면서 내일 경기에 대한 전략을 수립했다.

어떻게 보면 이제야 머리를 맞댄 것이 이상한 일이었다.

처음부터 야디지 북을 공유하면서 전략을 세웠어야 한다. 특히나 포섬 경기는 그래야만 했는데, 전략을 공유하지 않고도 공동 1위인 것에 감사해야 할 것 같았다.

홀마다, 그리고 상황마다 가용한 전략을 수립했고 경기 중에 서로 기탄없이 의견을 교환하기로 했다.

그 효과인 것일까?

기대 반 걱정 반으로 시작한 최종 라운드는 시작이 좋았다.

"나이스 샷! 정말 315야드를 정확히 맞췄어! 내가 가장 좋아하는 90야드가 남았다면 볼 것도 없지."

"결과로 말씀하시죠."

"헉! 매정하기는!"

"세컨샷이 짧으면 짧을수록 좋은 거 아닙니까?"

"아니라니까! 난 90야드를 위해 태어난 사람이야. 두고 봐."

약간 오버한다고 생각했는데, 실제로 로즈의 90야드 웨지 컨트롤 샷은 홀컵 바로 앞에 꽂혔다.

바운드만 좋았다면 샷 이글도 가능했을지 모른다.

첫 홀부터 버디를 낚으며 기분 좋은 출발을 했다.

포섬 경기였지만 오늘 목표를 6언더로 잡았다. 무조건 우승할 수 있는 스코어라고 봤고 3홀에 1타씩만 줄이기로 했다.

하지만 1번 홀 버디가 있었는데, 태주가 파 5인 2번 홀에서 로즈의 티샷을 이어받아 또 90야드를 남기면서 로즈의 말이 거짓이 아님을 재확인했다.

"아까는 살짝 길더니 이번엔 짧네!"

"하하! 1m 안쪽에 붙이고도 그런 말씀을 하시면 안 되죠."

"하나 넣으면 좋은데, 한 번은 길었고 한 번은 짧았으니까 다음에는 들어가지 않을까?"

"오늘 샷 이글 하면 난리가 날 겁니다. 승리의 샷이었다고."

"으음…. 하나 터져 줄 것도 같은데. 요 몇 년 새에 오늘이 가장 느낌이 좋거든!"

"저도 분발하겠습니다."

1번 홀에 이어 2번 홀까지 버디를 잡아내면서 단독 1위로 올라섰다. 앞서 출발한 선수들 중에 타수를 꽤 줄인 팀들이 있어 방심은 금물이었다.

그렇게 다가간 3번 홀은 235야드 파 3였다.

워낙 전장이 길고 그린 우측과 뒤는 워터 해저드라서 부담이 상당한 홀이었다. 그런데 태주는 우드나 유틸리티가 아니라 4번 아이언을 들고 티그라운드에 올라섰다.

"홍 프로. 4번 아이언으로 충분합니까?"

"네. 방향성을 확보하고 싶을 때는 펀치 샷을 때려요. 캐리는 짧지만 런이 많아 충분히 그린에 올릴 수 있을 거예요."

"역시 젊은 친구가 힘이 좋네!"

"운동 중독자잖아요. 전 반년 가까이 붙어 다녔지만 아직도 풀스윙을 본 기억이 없어요. 그러니까 거리는 염려하지 않아도 될 겁니다."

"거 좀 조용히 합시다!"

"큭!"

로즈가 홍 프로와 소곤소곤 대화를 주고받았는데, 영어가 서툰 홍 프로의 억양이 너무 귀에 쏙쏙 박혀 다 들렸다.

같은 팀끼리 훼방을 놓느냐고 타박하자 움찔하며 어색한 미소를 보였다. 하지만 그건 좋은 신호였다.

로즈가 아니라 홍 프로가 마음을 열었다는 증거였기 때문이다. 대회 기간 내내 미주알고주알 흥만 보더니 어제 하루 만에 변덕을 부려 경기 전 같이 셀카까지 찍었다.

그게 좀 얄미워 보였는데, 제대로 한 방 맥인 것이었다.

하지만 이내 샷에 집중했다.

"오호! 왔어!"

애초에 탄도가 낮은 샷을 구사할 요량이어서 바람은 신경 쓰지 않았다. 그런데 어드레스를 취하는 순간, 신이 내렸다.

공이 날아갈 궤적이 빨간 빛을 뿌렸던 것이다.

지금 이대로 치면 살짝 당겨져 그린 앞에 있는 항아리 벙커에 빠진다고 경고한 것이다.

그래서 다시 자세를 풀고 에이밍을 했는데, 그린 우측 끝을 보니까 홀컵 방향이었다. 게다가 이번에는 거리까지 느껴졌다.

'길다는 말이지?'

빈 스윙을 해 보며 스윙의 크기를 미세하나마 줄였다.

그랬더니 궤적의 끝이 홀컵에서 끝이 났다.

홀인원이라는 말인데, 차마 그건 믿기지 않았다. 파만 해도 괜찮은 홀이기 때문에 붙기만 하라고 고사 지내며 샷을 했다.

대부분 유틸리티로 거리부터 맞추는데, 2라운드에 80개의 팀 중에 버디는 단 2개만 나온 걸 보면 쉬운 홀은 아니었다.

그래도 모처럼 찾아온 울림에 기분이 좋아진 태주는 자

신이 구상한 스윙 플레인을 완벽하게 채우는 스윙을 했다.

"인 더 홀!"

"우와아아아! 고! 고!"

헤드업을 하지 않고 피니시까지 마치려면 시선이 타구를 따라갈 수가 없는 건 당연하다. 때문에 갤러리들의 반응을 듣고 결과를 예측하게 되는데, 굉장히 격렬했다.

손맛도 깔끔했기 때문에 기대감을 가지고 타구를 바라봤다. 파란 선을 정확히 꿰뚫은 타구 궤적이 두근거릴 만큼 좋았다.

그린 앞 예쁜 잔디에 떨어진 공은 거침없이 그린 위에 올라섰고 홀컵을 향해 소름 돋을 정도로 정확하게 굴렀다.

살짝 강하지 않을까 싶었는데, 심장을 때리는 경쾌한 소리가 들렸다.

티잉!

- 와우! 들어갔습니다. 들어갔어요! 홀인원이라니!

- 235야드 파 3홀인데, 제 눈으로 보고도 믿기질 않네요.

- 일부러 굴리는 샷을 한 겁니까? 미스 샷은 아니었죠?

- 당연하죠. 혹 바람이 부는 것을 알고 에이밍을 수정했다는 사실이 또 한 번 저를 놀라게 합니다. 어떻게 풍양을

정확히 감지했을까요?

- 야수의 본능이 아닐까요? 아이언으로 공략할 때부터 느낌이 쎄했는데. 정답이었네요. 전 온몸에 소름이 돋았습니다.

마음의 울림이 있었지만 기대는 하지 않았다.

워낙 긴 파3 홀이었기에 홀컵에 붙일 수만 있어도 훌륭하다고 생각했다. 그런데 실제로 들어가고 말았다.

지켜본 사람들과 마찬가지로 태주도 등골이 오싹했다.

환생과 빙의라는 신묘한 일을 경험하고 있지만 마음의 울림은 그것보다도 더 강렬하게 느껴졌다.

이 믿기 힘든 능력이 앞으로 자신의 삶에 어떤 영향을 미치게 될지 생각해 보는 것만으로도 흥분이 가시질 않았다.

최선의 노력에 하늘마저 돕는다면 지금껏 이뤄 온 것보다 더 대단한 결실을 기대할 수 있었기 때문이다.

"TJ. 자네 정말 미쳤군!"

"아! 제가 생각해도 그렇습니다. 저게 들어가네요."

"하하하. 자네가 쳐놓고도 그런 느낌이 든단 말이지? 벌써 4언더야. 이제 편안하게 즐길 수 있을 것 같아."

"즐기다니요! 방심은 금물입니다."

"그야 당연하지. 다만···. 아닐세. 더 바짝 조이자고. 흐흐흐."

갤러리들도 난리가 났다.

기껏 공동 선두까지 추격했던 경쟁 팀은 맥이 쪽 빠지는지 쉽게 티샷을 하지 못했다. 2번 홀에서 버디를 잡아 1타 차를 유지했기에 기회를 노리려고 했을 것이나 그게 다 한여름 밤 꿈처럼 산산이 부서지는 느낌을 받은 것 같았다.

사실 이날의 승부는 거기에서 끝났다고 봐야 했다.

3타 차 단독 선두로 나선 로즈-TJ 팀은 환상의 호흡을 자랑하며 이날 −9를 기록했다. 감 좋은 날 혼자 쳐도 만들기 힘든 스코어를 포섬 경기에서 만들어 내자 이 대회만의 매력이 한껏 발휘되었다는 평가도 나왔다.

[포섬 18홀 최저타 −9, 팀 경기 72홀 최저타 −28, 대회 최저타를 포함, 팀플레이 각종 신기록을 갈아치웠다]

[프로 투어 데뷔 이후 8연승, 그는 더 이상 루키가 아니다. 한국에서 건너온 필드의 정복자라고 불러야 하지 않을까?]

[잠자던 로즈의 샷 감각마저 일깨운 미친 퍼포먼스! TJ KIM, 자신의 시대가 활짝 열렸음을 만방에 선포하다]

[세계 시청률 대박! 홀인원 이후 월드컵 축구 결승전에

버금가는 수치 달성! 밤새워 응원한 아시아의 뜨거운 응원 열기]

2주 전, 마스터즈를 우승한 히데키 팀은 공동 11위로 출발했다. 하지만 무슨 일이든 일어날 수 있는 스포츠가 골프이기에 새벽을 하얗게 밝힌 한국보다 더 많은 골프팬들이 몰렸다.

게다가 서양인들의 전유물처럼 인식된 남자 골프에서 아시아인의 한계를 시험하고 있다는 호평이 이어져 골프 후진국인 중국마저도 최종 라운드를 실시간으로 방송했던 것이다.

그런데 보란 듯이 최절정의 퍼포먼스를 보여 줬으니 태주의 인기는 상상한 것 이상으로 큰 파괴력을 갖게 된 셈이었다.

헬렌도 흥분을 감추지 못하고 그린까지 달려 나왔다가 본의 아니게 얼굴을 붉히는 일까지 생겼다. 홍 프로와도 포옹은 자제하는데, 그녀가 달려온다고 안아 줄 수는 없었다.

"정말 대단했어요!"

"헬렌. 그래서 말인데, Wells Fargo Championship은 건너뛰어야 할 것 같습니다."

"그럼 4주 뒤에 열리는 PGA 챔피언십인데, 휴식이 너무 긴 거 아닌가요?"

"제가 한국에 좀 다녀와야 할 것 같습니다."

"아! 그 얘기 들었어요. 축하해요. 아이가 생겼다고요?"

"그것도 그거지만 처리해야 할 일이 좀 생겨서 개인적인 시간이 필요합니다."

"그래요. 그 대신 PGA 챔피언십에서 확실히 보여 줄 거죠?"

"그래야겠죠!"

2주 간격으로 일정을 짠 것도 큰 배려였다.

스폰서 입장에서는 노출이 많으면 많을수록 좋기에 젊은 태주가 가급적 많은 대회에 출전하길 원할 것이다.

하지만 취리히 클래식에서 우승하면서 몸값은 톡톡히 했기 때문에 선택과 집중을 위해서라고 둘러대겠다고 했다.

더 에이스와 같은 매머드 에이전시가 아니면 어려울 일이며 마틴에 이어 헬렌도 우군인 점이 긍정적으로 작용했다.

그 대신 떠나기 전, 특정 언론사와 인터뷰를 진행하기로 했다. 이전처럼 불특정 다수의 예측하기 힘든 문답이 아니라 사전에 대비한 내용을 집중적으로 다룸으로써 홍보 효과를 극대화하기 위한 이벤트였다.

- 만나서 반갑습니다. TJ.

- 브랜든 아서 해설자시죠? 늘 따스하고 치우치지 않는 정확한 해설을 해 주셔서 감사합니다.

- 와우! 저를 알고 계십니까?

- 물론입니다. PGA투어 전담 해설을 맡고 계신 분을 모르면 말이 안 되죠. 특히 저를 늘 좋게 봐주시는데, 얼굴도 몰라뵈면 실례 아닙니까!

- 섭섭합니다. 저도 '위클리 골프다이제스트'라는 NBC 간판 골프 프로그램을 맡고 있는데, 한 번도 본 적이 없으십니까?

- 미안합니다. 가니에. TV를 거의 보지 않다 보니 그런 프로그램이 있는 줄도 몰랐습니다. 하지만 이렇게 대화를 나눈 것도 인연인데, 앞으로는 꼭 챙겨 보겠습니다.

가니에는 NBC스포츠 중역으로 골프 파트를 대표하는 인사였다. 그가 직접 나선 것만으로도 관심도가 어떤지 알 수 있어야 하는데, 태주가 그런 것까지 감안할 수는 없었다.

외국인이라서 이해될 수 있는 부분이었고 그 와중에도 자신을 정확히 알아본 것이 기분 좋았는지 브랜든은 인터뷰 내내 호의적인 자세를 견지했다.

집중 인터뷰는 다양한 주제를 다뤘는데, 그 시작은 주니어 시절을 어떻게 보냈는지 태주를 통해 한국의 골프 교육 환경을 확인하는 과정이었다.

　그런데 대답은 다소 엉뚱했다.

　"전 사고뭉치였습니다. 못된 짓도 많이 해 부모님 속을 부단히 끓였죠. 하지만 아버지의 친구이자 더없이 좋은 스승을 만나 기초를 잘 다질 수 있었습니다."

　- 혹시 TS 아카데미라는 곳입니까?

　"네. 그것도 알고 계시다니, 고맙습니다. 선생님은 돌아가셨지만 그분의 뜻을 이어받은 제자들과 제 아버님의 전격적인 지원 아래 많은 프로 지망생들이 지금도 구슬땀을 흘리고 있습니다."

　거기까진 좋았는데, 꺼내지 않아도 될 고백도 했다.

　각별한 관심을 가지고 가르쳐 주셨지만 선생님이 살아 계실 적에는 그 고마움을 모르고 개으르고 나태했다는 말에 고개를 갸웃거리지 않을 수 없었다.

　하지만 그분의 공백이 가져온 각성은 자신을 연습벌레로 만들었으며, 좋은 재능을 물려준 부모님 못지않게 값진 선물을 주신 선생님이 그립다는 말도 했다.

다분히 아카데미 광고에 가까운 말이었는데, 골프는 혼자서도 얼마든지 배울 수 있다는 생각을 가진 이들에게 큰 교훈을 준 장면이었다.

- 평소 훈련 방식을 소개해 주실 수 있습니까?

"네. 저는 한 시즌을 주기로 훈련 스케줄을 짜도록 배웠고 그 시작은 동계 전지훈련입니다. 프로로써 전체 시즌을 무난하게 치를 수 있는 체력을 갖추고 기본 스윙을 가다듬을 수 있는 가장 소중한 시기라고 생각합니다."

- 대다수의 프로들이 그런 과정을 밟지 않나요?

"그렇다고 알고 있습니다만 형식만 같을 뿐, 그 내용은 천차만별이라고 생각합니다. 같은 훈련을 소화해도 똑같은 결과가 나올 수는 없듯이, 무엇에 주안점을 두고 훈련을 하느냐가 중요합니다."

전지훈련의 중요성을 언급했고 특히 체력 단련을 강조했다.

좋은 성적을 위한 가장 중요한 열쇠로 체력을 든 점은 의외였다. 하지만 이어진 설명은 고개를 끄덕이게 만들었다.

통상 프로들은 스윙을 가다듬는 것에만 집중하는데, 스윙이 무너지는 일관성 결여의 원인이 체력 저하라고 봤다.

심각한 경우에는 부상으로 이어지기도 하며 체력이 받쳐 주지 못하면 아무리 좋은 스승도 교정할 수 없다고 말했다.

- 그럼 TJ의 체력 단련 방식에 대해 묻지 않을 수가 없군요.

"영업 비밀을 공개할 수는 없죠! 다만 대회 출전 중에도 저는 1시간 러닝, 1시간 웨이트트레이닝, 4시간 연습은 빼먹지 않습니다."

- 대회 출전 기간에도 그런 시간 여유가 남습니까?

"충분합니다. 대회가 기다려지는 이유는 평소 훈련량에 비하면 한가하고 편안하기 때문인 것 같습니다. 그런 여유가 컨디션 조절에도 도움이 되는 것 같습니다."

- 하기야 데뷔 이후 여러 나라를 오가며 8연승을 거둘 수 있었던 것이 탄탄한 체력이 받쳐 줬기 때문인 거군요.

"그렇다고 생각합니다. 다만 무리는 하지 않으려고 노력했습니다. 이번 대회에서도 절감했지만 골프가 안 될 이유는 수만 가지 아니겠습니까. 절제하지 못하고 자제력을 잃으면 저도 이븐파를 칠 수 있음을 깨닫게 해 준 경험이었습니다."

다양한 이야기가 오갔지만 골프팬들이 가장 궁금한 점은

역시 태주의 목표였다. 시즌 도중에 합류했지만 유일한 다
승자가 되었고, 연승 행진이 어디까지 이어질지 궁금해 했
다.

특히 당사자인 태주의 생각이 어떤지 듣고 싶어 했다.

우문에 현답이 이어졌다.

"연승 기록은 깨질 수밖에 없습니다. 지난 취리히 클래
식에서 끝날 것이라고 생각했지만 결국은 해냈습니다. 그
렇게 최선을 다해 보는 수밖에 달리 방법이 없습니다."

- 그럼 9연승도 기대할 수 있는 건가요?

"우승을 거둘 수 있는 최고의 컨디션을 유지하는 것이
제가 할 수 있는 모든 것입니다. 그 다음은 제 영역이 아
니죠. 지난 대회도 좋은 파트너와 열렬히 응원해 주신 팬
들이 없었다면 우승은 넘볼 수 없었을 겁니다."

- 저스틴 로즈가 좋은 파트너였다는 말에는 이견이 있는
데, 외람되지만 솔직한 생각을 듣고 싶습니다.

"아니요. 그가 함께했기 때문에 우승할 수 있었습니다.
저는 그와 함께 플레이를 하는 것이 영광스러웠고 눈에 보
이지 않는 든든함을 느끼며 샷에 집중할 수 있었습니다.
결과로 말해야 하는 거 아닌가요?"

말문이 막히게 만들었다.

사실 여부를 떠나 그런 마인드를 좋아하지 않을 수 없었다.

그렇게 겸손하면서도 뚜렷한 목표를 밝혔다.

남은 3개의 메이저 대회 중에서 꼭 하나는 우승하고 싶다는.

2번 출전해 2번 우승했기 때문에 비웃을 수 없다. 또한 이제껏 보여 준 월등한 기량이라면 불가능할 것 같지도 않았다.

데뷔 시즌에 메이저 대회 포함 3승을 거둔다면 한 언론이 표현했듯이 '필드의 정복자'라고 불려도 손색이 없을 것이다.

취리히 클래식 우승으로 페덱스 컵 포인트 리더로 올라섰지만 아직도 선입견과 편견에서 자유롭지 못한 현실에 대한 불만은 표하지 않았다.

"수고하셨습니다."

"영어가 서툴러 고생하셨죠? 저야말로 고맙습니다."

"그런 이제 워싱턴에서 보게 되는 건가요?"

"아! 웰스 파고 챔피언십은 출전하지 못할 것 같습니다."

"그럼 AT&T Byron Nelson에 나가는 겁니까? 텍사스와 워낙 인연이 깊으니 이해할 만합니다."

차마 개인적인 사정이라고 말하지 못했다.

한국에 들어가는 바람에 웰스 파고는 건너뛰지만, 잘하면 AT&T 대회는 출전할 수도 있다는 생각을 했었기 때문이다.

물론 한국에서의 모든 일이 잘되었을 때를 산정한 계산이기 때문에 이들은 물론 헬렌에게도 말은 꺼내지 않았다.

통상 출전 여부를 미리 통보하고 확정을 받아야 하지만, 웰스 파고 주최 측에서 불참 통보에 불같이 화를 낸 것처럼 현재 태주는 PGA에서 가장 핫한 선수임을 부정할 수 없다.

때문에 출전 의향만 있다면 2, 3일 전이라도 받아 줄 것이라고 판단했다.

* * *

"본인이 가질 않겠다고 해요."

"제가 데리러 갈게요. 걔가 그렇게 눈치가 없어요."

"아니에요. 유라가 얼마나 잘하는데요. 저도 태주 아빠도 전혀 불편하지 않아요."

"그래도 김 서방도 없는 그 집에 임신한 며느리가 버티

고 있는 게 사돈 내외분에게 부담된다는 걸 모르는 것 같
아요."

"정말 괜찮다니까요."

"김 서방 속을 긁지 않는다면 저도 봐줄 텐데, 그렇지가
않잖아요! 더 나빠지기 전에 뜯어고쳐야 해요. 사돈께서
말씀하시기 껄끄러울 테고 제게 맡기세요."

보영은 안도의 한숨을 내쉬었다.

어떻게 말을 꺼내야 할지 막막했는데, 안사돈이 다 알고
있었기 때문이다. 괄괄한 그녀가 더 상세히 알고 있다면
굳이 더 얘기할 것도 없었다.

자기 딸 흉보는 걸 좋아할 엄마는 없기 때문이다.

뜻대로 되지 않으면 회초리라도 들 것 같은 기세였기 때
문에 도리어 걱정스러울 정도였다. 가장 걱정했던 부분이
일단락되자 두 사돈은 어젯밤 태주 우승에 대해 수다를 떨
었다.

미국 언론들도 난리였으니 국내 언론은 말할 것도 없었
다. 요 몇 년 최고의 인기를 구가하고 있는 쏘니에 버금가
는 국민적인 관심이 폭발하고 있었다.

띠리링! 띠리링!

한참 수다 삼매경에 빠져 있는데, 최연순 여사의 핸드폰
이 울렸다. 액정에 뜬 이름은 '♡나의 귀한 백년손님♡'이

었다.

하트까지 붙여 놓은 것이 부끄러웠는지 어색한 미소를 보였지만, 보영은 안사돈이 태주를 얼마나 끔찍이 위하는 지 다시금 보게 되어 흐뭇했다.

엄마인 자신보다 장모에게 먼저 전화한 것이 서운할 만 도 한데, 어서 받으시라고 권했다.

"김 서방! 나야."

"뭐 하고 계세요?"

"지금 안사돈을 만나 식사하고 차 한 잔 마시고 있었 어."

"아! 제가 두 분의 수다를 끊었군요. 잘됐네요. 엄마에게 도 전해 주세요. 저 지금 한국으로 들어가고 있는 중입니 다."

"한국에 온다고? 왜?"

"유라 임신 축하 파티 하려고요. 어머니만 괜찮으면 양 가 부모님을 다 모시고 제주도 가족 여행이나 가려고 하는 데, 두 분이 함께 계시니까 지금 계획을 짜시면 되겠네요."

"가족 여행?"

태주의 마음을 느낀 장모님은 울컥했는지 말을 잇지 못 했다. 게다가 자신들의 문제로 염려를 끼친 것 같아 죄송 하다는 말과 함께 본인이 알아서 처리할 테니 걱정 말라는 말까지.

보영은 자신이 아닌 장모에게 연락한 것이 서운했지만 이해했다. 오히려 안사람부터 챙기는 모습이 믿음직했다.

졸지에 여행 계획을 짜는 시간으로 변했다.

하지만 유라에게는 입국 사실을 알리지 말라고 했다.

깜짝 선물이 될 것이라고 생각했기 때문이었다.

"여보!"

"어?"

"나야. 안 반가워!"

"미친…."

밤에 출발했는데 밤에 도착했다.

서 실장이 직접 공항에 마중을 나왔고, 본가에 도착했지만 비밀 작전을 전개하듯이 오는 줄 알고 있던 부모님에게는 눈인사만 드리고 2층으로 향했다.

침대에 드러누워 스마트폰을 만지작거리던 유라는 몰려드는 졸음을 이기지 못해 이제 막 잠을 청하려던 차였다.

그런데 갑자기 방문이 열렸고 꿈을 꾸는 줄 알았다.

환한 미소를 띄운 태주가 나타났기 때문이다.

벌떡 일어나 달려들 줄 알았는데, 미친…. 이라는 단어를 던진 유라는 귀신을 본 듯 이불을 확 뒤집어썼다.

"왜 숨어?"

"나 지금 완전히 생얼이란 말이야!"

"너 너무 너무 예뻐! 너 생얼은 10년 전부터 봐 왔는데, 갑자기 왜 그래?"

"나 정말 푸석푸석하다고. 얼른 샤워부터 해."

"싫어."

언제 다퉜는지 모를 대화가 오갔다.

이럴 것 같았다. 마음에 사무칠 독한 단어들을 뱉으며 싸웠지만 얼굴을 마주 보면 언제 그랬냐는 듯 풀릴 줄 알았다.

연인은 역시 함께 시간을 보내는 것이 정답이라는 생각을 지울 수 없었다. 부부 싸움은 칼로 물 베기라는 말이 더 적절하려나?

그냥 넘길 수 있는 내용은 아니지만 만나러 오는 내내 번민하던 생각들이 유라의 얼굴을 보는 그 순간, 다 걷혔다.

생얼을 보이기 싫다지만 태주는 꾸역꾸역 이불 속으로 기어 들어갔다. 이불을 걷지 않고 어둠 속에서 찾은 유라의 얼굴에 마구 입맞춤을 해 댔다.

기겁하는 것 같더니 금방 역전되었다. 임신하고 이렇게 격렬한 사랑을 나눠도 되는지 걱정될 뜨거운 밤이 이어졌다.

"안녕히 주무셨습니까?"

"더 자지. 왜 이렇게 일찍 나왔어?"

"된장찌개 냄새가 코를 찔러서요. 유라, 나 배고파."

"얼른 차릴게요. 보채지 마세요."

"웬 존칭?"

이전에는 부모님 앞에서 최대한 말을 아꼈다.

하지만 존칭은 쓰지 않았다. 동갑내기이고 아직 어리기 때문에 부모님들도 이해했다.

그런데 본가에서 지내며 보영을 보고 배운 것 같았다.

기분이 좋을 수밖에 없었다. 언어는 마음의 거울이다. 표현에 존중이라는 형식이 담기면 독설이 나오기 어렵다.

상황에 따라 달라지겠지만 상도도 보영에게 고운 말을 쓰는 변화를 보면서 자신도 존칭하는 것이 좋다는 생각을 했다.

쉽진 않겠지만.

"왜 말 안 해?"

"뭘?"

"우리 싸운 거."

"언제 싸웠는데? 난 싸운 기억이 없는데."

"치! 빨랑 말해. 그만 털고 가자."

"난 털 것도 없어."

지은 죄를 아는 걸까?

유라는 틈만 나면 화해하자고 말했다.

하지만 태주의 태도는 자신의 스윙처럼 일관성을 유지했다.

싸운 적이 없다고 말했는데, 현 상황을 받아들이는 의미부터 달랐다. 유라는 그냥 유야무야 넘기려고 했지만 태주는 화해할 사안이 아니라 사과받을 일이라고 생각했다.

애당초 싸울 깜냥이 아니기 때문에 그녀의 생각과 태도가 바뀌어야 한다고 판단했다. 스스로 깨닫고 변하기를 바라지만 딱히 방법이 보이질 않아 말문을 트지 않았을 뿐.

그런데 엉뚱한 방향과 기점에서 뜻이 이뤄지기 시작했다.

"와아! 여기 너무 너무 예뻐요!"

"너만 좋다면 언제든 여기 머물러도 돼."

"혹시 이 리조트 우리 건가요?"

"응. 넉넉한 대지에 독립적인 풀 빌라 형태로 지었기 때문에 사생활 보호도 되고, 다들 넉넉한 분들이 분양받아서 지내다 보면 좋은 이웃들도 사귈 수 있을 거야."

"유라야. 엄밀히 말하면 우리 건 아니지. 아버지 회사의 자산을 우리 거라고 생각하는 건 바람직하지 않아."

"치! 이것 좀 보세요. 이이가 저렇게 꽉 막혔다니까요!"

제주도에 따로 별장이 없는 이유는 관광, 골프에 특화된 포상그룹의 다양한 시설들이 위치하고 있기 때문이었다.

서귀포 바다가 훤히 보이는 언덕 위에 조성된 골프타운은 골프와 휴양을 함께 즐길 수 있는 최고급 레저 시설이었다.

태주도, 유라도 어려서부터 꿈을 향한 도전에 정진하느라 애틋한 추억이 별로 없기에 모처럼 맞이한 여행은 즐거웠다.

그런데 엉겁결에 나온 그 말이 도화선이 되었다.

첫 번째 포격은 의외로 상도의 입에서 발사되었다.

"아가. 그건 태주 말이 옳아. 나도 그런 개념이 약하지만 공과 사는 구분하는 게 좋지."

"네, 아버님, 제가 경솔했어요."

"고유라. 난 네 그런 말버릇이 더 큰 문제라고 봐."

"엄마는 왜 또?"

"김 서방에 대한 네 그런 생각부터 뜯어고쳐야 해. 항상 다정하고 배려해 주니까 뭘 해도 괜찮다고 생각하는 것 같아. 어떻게 제 신랑을 시부모님 앞에서 꽉 막혔다고, 그런 막말을 뱉을 수가 있는지 난 이해할 수 없어."

"엄마는 진짜!"

모녀 사이에 시퍼런 불꽃이 튀자 보영이 나서 얼른 화제를 바꿨다. 하지만 함께 지내다 보니 알게 모르게 튀어 나오는 유라의 자기 본위적인 행실이 문제가 되곤 했다.

아니, 별것 아닌 것도 꼬투리를 잡아 혼내는 통에 결국 유라는 장모와 언성을 높이는 일까지 벌어졌다.

장인장모 방에서 일어났지만 타고난 옥타브가 높아 다들 모를 수가 없었다. 중요한 것은 늘 조심하던 시부모님이 듣고 있는데도 제 주장을 굽히지 않는다는 점이었다.

"시부모님들도 뭐라고 안 하시는데, 왜 자꾸 엄마가 들 쑤시느냐고!"

"말씀이 없다고 생각도 없으신 줄 알지! 아이 가진 게 무슨 벼슬이라고 그렇게 위세를 부려?"

"내가 무슨 위세를 부렸다고 그래!"

"한창 중요한 일을 해야 할 김 서방이 왜 한국에 들어온 건데? 아이 가진 널 위해 말씀은 안 하시지만 바깥사돈께서도 안타까워하시는 거 몰라?"

"치! 오랜만에 아들과 여행 오셔서 두 분 다 너무 좋아하시던데, 엄마는 대체 왜 그래? 부잣집에 시집 온 내가 이제 마음껏 누리고 살겠다는데, 그게 그렇게 배 아플 일이야?"

"뭐라고? 이년이 정말 미쳤네."

"엄마!"

곧 만 23살이 되는 유라, 마냥 어린 나이는 아니다. 정상적인 과정을 밟았다면 대학을 졸업하고 취업을 고심할 때다.

그들에 비하면 정말 많은 일을 겪었다.

태주를 만나 평생의 짝이 되기로 결심한 후, 줄기차게 달려 마침내 LPGA 시드 확보는 물론 우승의 감격까지 맛봤다.

그 과정에서 적잖은 부담을 느꼈을 상황은 이해할 수 있다. 하지만 이제 출발점에 섰다고 생각했는데, 제 할 일은 다 끝났다고 생각하는 지금 발언은 태주에게도 큰 충격이었다.

'그렇게 힘이 들었나?'

"유라야. 언성 낮춰."

"아빠까지 왜 그래. 안 그래도 나 힘들단 말이야."

"알아. 하지만 네 생각만 할 수는 없잖아. 부부는 서로를 이해하고 보듬어 줘야 해. 김 서방은 지금 한창 정진하고 있는데, 그 앞길마저 막아서면 어쩌자는 거냐."

"일만 중요해? 난? 그렇게 잘난 아빠 왜 엄마한테 구박받으면서도 빌붙어 사는 건데!"

쫘악!

급기야 장모님한테 뺨을 맞고 말았다.

어릴 적에는 혼도 많이 냈지만 골프를 시작한 이래, 집 떠나 아카데미 생활을 하는 딸이 안쓰러워 손을 댄 적이 없다.

그래도 고생하며 뒷바라지를 해 왔는데, 아빠를 막 대하는 태도는 도저히 용납할 수가 없었던 것이다.

작은 성공에 도취된 것일까?

잘난 남편 만나 부모도 우습게 생각하게 된 것일까?

걱정스러운 마음에 거실 소파에 앉아 그 얘기를 엿듣고 있던 태주도 차마 이런 상황은 예측할 수 없었기에 몹시 당황스러웠다.

"나가! 이 몹쓸 년아!"

"엄마…."

"여보. 짐 챙겨요. 난 사돈 보기 부끄러워서 더는 여기 못 있겠어요."

"……."

"남편 앞길 막아서는 널 시부모님이 얼마나 더 봐주실지 모르겠다만, 너 이제 집에 올 생각도 하지 마."

최 여사는 단호했다.

그래도 대화를 하면 알아들을 줄 알았는데, 그렇지 않았다.

본인이 힘든 것만 생각했지, 고생하는 태주에 대한 아내의 역할에 대해서는 무지할 만큼 이기적인 모습을 보였다.

게다가 아빠를 모욕하는 발언까지.

그건 가족을 뿌리째 흔드는 발언이었기에 묵과해서는 안 된다고 판단했다. 아무리 그래도 그냥 떠날 수는 없는 상황이어서 장인이 만류했다.

"여보. 지금 이렇게 가면….."

"당장 가방부터 챙기라니까요. 사돈께 미안한 마음은 나중에 전하고 일단은 창피해서 여기 못 있겠다니까요."

"여보….."

"그냥 나 혼자 갈까요?"

"당신. 김 서방 얼굴 다시는 안 볼 거야?"

"김 서방. 우리 불쌍한 김 서방…. 휴우!"

장인이 흥분한 장모를 꼭 안아 만류하면서 유라더러 나가라고 눈짓했다. 이대로 장인장모님이 떠난다면 유라도 얼굴을 들 수 없는 상황인지라 유라는 눈물을 머금고 물러났다.

눈물 때문에 화장이 번진 그녀가 거실에 앉아 있는 태주와 눈이 마주쳤고 흠칫한 유라는 밖으로 후다닥 뛰어나갔다.

태주는 얼른 아내를 뒤쫓아 갔다. 리조트 외부에 잘 꾸며진 산책로는 주황 빛깔 태양열 전등이 불을 환히 밝히고 있었다.

위험하지는 않았기에 섣불리 다가가지 않고 그녀가 가는 대로 조용히 뒤따라갔는데, 그녀의 발길은 바다로 향했다.

꽤 멀리 떨어진 바닷가에 다다랐을 무렵 이제 진정이 좀 되었는지 심하게 어깨가 흔들리던 유라도 정상 호흡을 되찾은 것 같았다.

"뭐야? 횟집에는 왜?"

9시가 넘은 시간이었지만 바닷가에는 문을 닫지 않은 가게들이 있었다. 가끔 찾아오는 술손님을 위한 자그마한 횟집이었는데, 안에는 다른 젊은 손님 한 쌍도 보였다.

잠시 망설였지만 들어가지 못할 이유가 없었다.

그래도 유라의 눈치를 보지 않을 수 없었는데, 시선조차 주지 않는 폼이 앉아도 괜찮다는 의미로 받아들여졌다.

"아줌마. 소주 한 병하고 아무거나 안줏거리 될 만한 거 있으면 한 접시 내주세요."

"네에!"

어색한 침묵이 흘렀다.

이내 아주머니가 소주와 간단한 안줏거리를 먼저 내줬는데, 유라는 한 치의 망설임도 없이 잔에 소주를 따르고 잔을 들었다.

하지만 용납할 수 없었다.

아이를 가진 그녀가 아니겠는가!

그래서 그 잔을 빼앗아 본인의 입에 털어 넣었다.

그러자 태주 앞에 놓인 잔을 가져가 다시 소주를 채웠다. 그러나 이번에도 태주가 빼앗아 마셔 버렸다.

"너 뭐야?"

"아줌마. 제로 콜라 한 병 주세요."

"한두 잔은 괜찮아."

"그건 네 생각이지."

"정말 괜찮다니까!"

"매사에 그게 문제라는 생각 못 해 봤어?"

"너 정말!"

눈빛으로 살인을 할 수 있다면 태주는 그 자리에서 즉사했을 것이다. 성격이 보통이 아니라는 것은 진즉에 알고 있었다.

톡톡 튀는 매력이 돋보였던 그녀의 성격이 이렇게 독선적인 단면으로 나타나리라고는 상상도 하지 못했다.

그래도 사랑하는 여인이고 혼인 신고를 마친 어린 아내였기에 웬만하면 다 맞춰 주려고 했다. 겉모습은 이팔청춘이지만 실상은 쉰이 넘은 자신이 새하얀 도화지와 같은 앳된 여자와 함께 살게 된 것만으로도 충분히 감사했고 뭐든 다 해 줄 수 있다고 생각했다.

하지만 현실은 그렇지 못해 속이 상했다.

"그만 마셔!"

"나 오늘 취하고 싶어."

"김태주. 너 술 잘 못하잖아!"

"술을 먹어야 너한테 말을 할 수 있을 것 같아서 그래."

"무슨 말?"

태주는 소주를 한 병 더 시켰다.

안주도 먹고 수다도 떨면서 마셔야 덜 취하는데, 연이어 술잔을 들이키자 유라의 눈빛에 초조함이 쌓이기 시작했다.

맨정신으로는 할 수 없는 말, 그게 무엇일지 궁금하고 불안한 것 같았다. 하지만 태주는 소주를 입에 붓듯이 퍼마셔도 취하기는커녕 정신이 더 말똥말똥해지는 느낌이 들었다.

보다 못한 유라가 뜯어말렸지만 결국 30분 후에 밖에서 몰래 경호하던 임 팀장을 불러 업혀서 숙소로 돌아왔다.

술 마신 태주가 그냥 쓰러진 것은 아니다.

정신을 잃기 전에 몇 마디를 툭툭 던졌는데, 그 말을 들은 유라는 방에 도착해 코를 골며 자고 있는 태주를 응시하는 내내 혼란스러운 표정이었다.

"뭘 해도 괜찮아! 넌 내 마누라잖아!"

"뭐든 다 해 줄게. 네가 하고 싶은 것은 마음대로 다 해도 돼! 누구든 내가 다 막아 줄게."

"감히 누가 내 마누라를 건드려! 다 나오라고 해!"

"근데, 근데…. 장모님이 슬퍼하시는 거는 하지 말자. 나도 정말 속이 상하더라고. 응?"

잘못을 지적하고 혼낼 줄 알았다.

아주 가끔 대꾸도 하지 못할 완벽한 논리로 다그칠 때면 어릴 적 아빠에게 혼나는 느낌이 들 정도로 아찔했기 때문에 이번에는 더 강한 질책을 받을 것이라고 생각했다.

하지만 잔뜩 술이 취한 태주는 오히려 자신을 굳건히 지켜 주겠다는 말만 했다. 마치 수호천사처럼.

생각하면 생각할수록 부끄러웠다. 고리타분하고 재미없는 남자지만 자신에게 쏟아지는 수많은 관심과 호의에 한눈을 팔지 않고 오로지 목표를 향해 정진하는 남자다.

"엄마 입에서 남편의 앞길을 가로막는 짓을 하지 말라는 말까지 듣게 되다니! 내가 대체 뭘 하고 있는 거지?"

그게 터무니없는 말이라면 왜 내 가슴에 사무쳤겠는가!

그런 생각이 들자 다시 눈물이 비 오듯 흘러내렸다.

모든 것이 불안했다.

태주의 후원을 받으며 승승장구했는데, 한계에 부딪쳤다. 정말 최선을 다해 노력했지만 결과는 성에 차지 않았다.

그게 골프이며, 충분히 잘하고 있다는 말을 들으면서도 마음이 점점 더 허물어진 이유는 똑같은 상황, 아니 더 힘든 상황에서도 태주는 끊임없이 돌파해 내고 있었기 때문이다.

'차라리 같이 멈추면 괜찮을 것이라고 생각한 건가?'

자신의 마음을 자신도 몰랐다.

그런데 결과만 본다면 그런 심보였음을 인정하지 않을 수 없었다. 적이 외부에 있는 게 아니라 아내인 자신이 가장 큰 적이 되고 있다는 사실을 자각하자 눈물이 마르질 않았다.

태주가 할 수 있다면 자신도 할 수 있다고 믿었다.

주니어 시절부터 늘 고비를 넘지 못했던 자신이 꿈에 그리던 무대를 밟았고 첫 승까지 거뒀으며 앞길이 창창한 신인 선수라는 평가를 받는데, 자꾸 태주와 비교했던 것이다.

'이러다 이 남자의 마음을, 사랑을 잃을 것 같았어.'

'그 초조함을 없앨 수 있는 가장 확실한 방법이 이 남자의 아이를 가지는 거라고 생각했던 거야. 바보같이!'

'날 이렇게도 끔찍이 아끼는 남자를…'

두통 때문에 잠이 깼다.

이태식은 술을 가까이하는 편이 아니었다.

상도의 피를 물려받은 태주는 다를 수 있지만, 술은 체질보다 심리적인 요인이 더 강하게 작용하는지 소주를 1병을 마시면 세상이 다 귀찮아져 잠을 자고만 싶어진다.

때문에 술을 즐기지 않는데, 3병이 마시고도 버틴 것은 오로지 탄탄한 체력이 버텨 줬기 때문일 것이다.

하지만 폭주의 악영향은 대단해 두통 때문에 잠이 깼다.

그런데 가슴도 답답했다.

"왜 이러고 자고 있지?"

자신은 옷까지 다 벗고 침대에 대자로 누워 편히 자고 있는데, 유라는 태주의 가슴에 기대 새우잠을 자고 있었다.

옷도 입은 채였고 절대 잊지 않는 행동인 화장도 지우지 않아 볼썽사나운 몰골이었다. 하지만 세상 귀여운 모습에 태주는 어젯밤 상황을 되짚어 볼 수밖에 없었다.

임신한 유라가 술을 마시지 못하게 하려고 뺏어 먹었는데, 차라리 술의 힘을 빌어서라도 하고 싶은 말을 꼭 해야겠다는 생각을 했던 것까지는 기억이 났다.

하지만 갑자기 올라온 취기에 그냥 쓰러졌던 것 같았다. 뭐라고 말을 하긴 한 것 같은데, 아무런 기억이 없었다.

"깼어요?"

"응. 피곤하면 더 자. 옷은 내가 벗겨 줄게."

"아! 내가 미쳤나 봐…요."

"왜 그래?"

"일단 나 씻고 올게…요."

"크! 뭐야?"

"이제 나 정말 잘할게요."

뭘 잘하겠다는 말인지 모르지만 후다닥 욕실로 사라지는 그녀에게서 느껴지는 감정이 어제와 달랐다.

억지 존칭 때문은 아니다.

눈빛, 몸짓이 바뀌었다.

샤워를 하고 나온 유라가 곧바로 주방으로 나가는 모습도 이전과 변했다. 무슨 일이 있어도 화장을 잊는 법이 없는 여자인데, 그 과정을 빼먹고 밥을 하러 나갔기 때문이다.

살짝 문을 열고 훔쳐봤다.

주방에는 윤 여사와 최 여사가 벌써 아침 식사 준비에 들어갔고 서로 쉬라고 미루고 있었다.

그런데 유라는 '좋은 아침!'을 외치며 일을 하기 시작했다.

'장모님은 괜찮으신가?'

유라 꼴도 보기 싫으셨던 걸까?

웬만해서는 주방 주도권을 놓지 않으시는 분이 유라를 빤히 쳐다보더니 이내 밖으로 나가셨다.

그 마음을 헤아리기 어려웠지만 지금이라도 유라가 사랑

스러운 딸로 돌아오기를 바라시는 것 같았다.

제정신이 박힌.

"어머니. 콩나물무침 간 좀 봐 주세요."

"나보다 안사돈 입맛이 더 정확하잖아. 정원에 계시던데, 들고 가서 검사받고 와."

"네!"

세면을 마친 태주는 거실로 나와 소파에 앉았다.

기억이 없어 불안하고 초조한 마음을 들키지 않고 변화의 추이를 지켜보기 위해서였는데, 조리한 반찬을 들고 장모님에게 달려가는 모습이 너무 아슬아슬했다.

아침부터 정원에서 한바탕 벌어지면 어쩌나 걱정된 것이다. 그런데 잠깐의 침묵 뒤에 들려온 소리는 두 모녀의 깔깔거리는 웃음소리였다.

믿기지 않았다.

뺨까지 때리셨고 다시는 보지 않을 것처럼 싸웠는데, 어떻게 말 몇 마디에 저렇게 웃을 수가 있는지!

하지만 바람직한 변화는 아침 밥상에서도 피어올랐다.

"죄송해요. 아버님, 어머님."

"왜? 유라야. 그게 무슨 말이니?"

"다 아시면서 왜 그러세요, 어머님. 무조건 제가 잘못했어요. 네 분에게는 두고두고 갚을 테니까 잠깐만 잊어 주세요."

"얘가 대체 무슨 말을 하는 건지…."

"태주 씨가 마음 놓고 투어에 집중할 수 있게 적극 도울
게요. 제 생각만 하고 똥고집을 부려서 정말 죄송해요. 더
는 방해가 되지 않도록 신랑이랑 잘 상의하고 그 뜻을 따
를게요."

"난 태주보다 네 재능과 기회가 더 아깝다고 생각해. 담
당 의사랑 긴밀히 상의해 가능하다면 투어에 복귀하길 바
란다."

"흐응! 아버님…."

6화. 좋은 남자

골프의 신이 강림했다

멋진 폼은 상도가 다 잡는 것 같아 씁쓸했다.

하지만 그보다 더 좋은 그림은 나올 수가 없었다. 시아버지가 못된 며느리를 품어 주고 신뢰해 주는 광경은 드라마에서나 나올 법한 이야기였기 때문이다.

유라도 단번에 변할 수 있다고 생각하지 않았다. 본성은 착하다는 말을 믿고 있을 수만도 없다고 판단했다. 더 두고 볼 문제지만, 일단 급한 불은 껐다는 생각이 들어 흐뭇했다.

'어젯밤에 내가 대체 무슨 말을 했길래!'

'설마…'

헤어지겠다는 말을 한 건 아닌지 불안했다.

그렇다고 유라에게 물어볼 수도 없고 난감했지만, 그런 걸 잊을 만큼 좋은 시간들이 이어졌다.

세 쌍이 함께 바다낚시도 나갔고 골프 라운드도 돌았다.

그 모든 순간, 최선을 다하는 착한 아내, 며느리, 딸로 돌아온 유라의 모습이 낯설게 느껴진 게 흠이긴 했지만.

"서울에 도착하면 바로 미국으로 출발해요."

"싫어. 난 좀 더 쉬다 갈 거야. 어차피 웰스 파고 챔피언십은 출전이 불가능해졌어."

"AT&T Byron Nelson에 출전하면 되잖아요. 댈러스니까 PGA 챔피언십이 열리는 오클라호마에서 멀지도 않고 당신 체력이면 버티지 못할 이유도 없죠."

"그렇긴 하지만…."

"좋은 샷 감각을 잊을까 봐 걱정되어서 그래요. 미안해하는 내 마음을 받아 준다면 반드시 연승을 이어 가야 해요."

일단 오케이를 했다.

하지만 문제가 하나 있었다.

상도와 함께 구상하고 있는 클럽 제조사업의 핵심 인사와 약속이 잡혀 있었다. 갑작스럽게 귀국하는 바람에 예정에 없던 일정이지만 태주도 관심이 컸던 일이라 만나기로 했다.

다만 일정이 급박해져 하루 일찍 귀경하게 되었고, 태주는 상도와 함께 공항에서 바로 문래동으로 향했다.

"최 사장이 네 열성 팬이라더구나."

"핸디는 얼마나 됩니까?"

"아마추어치고는 상당히 매섭지. 하기야 그 나이에 뜨거운 열정이 없으면 자기 클럽을 만들 생각을 못 했겠지."

"대체 어떤 분인지 정말 궁금하네요. 임 팀장에서 보고받은 서류에는 요새 가게를 거의 열지 않는다고 하던데, 벌어 놓은 재산이 좀 있는 겁니까?"

"그 이유는 네가 가서 직접 보면 될 게다."

문래동은 여의도에서 가깝다.

하지만 아직도 서울 중심가에 이런 곳이 있는지 의심이들 정도로 작고 열악한 철공소들이 다닥다닥 붙어 있었다.

별의 별것을 다 만드는 장인들의 집합소라고 들었지만연 가게보다 닫은 가게들이 더 많아 휑한 느낌마저 들었다.

일제강점기 이 일대에 방직 공장이 들어섰고 70, 80년대에는 대표적인 철강 공업단지로 호황을 누렸으나 이젠빛바랜 영광의 상처만 남아 썰렁해 보였다.

골목을 가득 메우던 철 두드리던 소리는 잦아들었고, 때가 끼어 누런 시멘트 벽면과 녹슨 철 기둥들이 벌겋게 속을 드러낸 광경은 시대의 빠른 변화에 적응하지 못하고 낙오한 노동자들의 아픈 현실을 보여 주는 것만 같았다.

"집세가 싸 요샌 예술가들이 하나둘 둥지를 튼다는 구나!"

"이미 한참 된 이야기입니다. 문래동은 이제 철공소 골목이 아니라 예술가들이 모여 사는 골목으로 더 유명하죠."

"저게 다 그 흔적인가 보네!"

칙칙했던 시멘트 벽면이 예술가들의 캔버스가 되었고 낡고 버려진 공간들이 모두 훌륭한 오브제로 변모했다.

예술가로부터 새 생명력을 부여받은 낡은 가게들이 독특한 빛을 발하는 예쁜 공방, 갤러리, 카페, 레스토랑으로 변모하면서 죽어 가던 골목에 활기를 불어넣었다.

하지만 꿋꿋하게 자리를 지키는 철공소들도 있었는데, 그중에 하나가 바로 최인호 사장이 운영하는 종로금속이었다.

그런데 문이 굳게 닫혀 있었다.

약속을 해 놓고 가게 문도 열지 않아 의아해하던 찰나, 화통한 음성이 들려왔다. 건너편 2층 건물 2층 창문에서.

"김 대표님! 지금 내려갑니다!"

소탈한 성격이 분명했다.

일을 하다가 왔어도 약속이 되어 있으면 거울이라도 보는 게 사람의 심리인데, 기름때가 덕지덕지 묻은 작업복에 땀이 범벅인데도 개의치 않고 달려 나왔다.

장갑을 벗었지만 절대 깨끗하지 않은 손으로 덥석 악수를 하며 반가워하는데, 첫 인상이 너무 좋았다.

"정말로 김 프로와 만나다니, 일생의 영광이오!"

"저도 아버지께 최 사장님 얘기를 듣고 꼭 만나 보고 싶었습니다. 바쁘신데 제가 괜한 시간을 뺏은 건 아닌지 모르겠습니다."

"아이고! 그게 무슨 말이오. 이날만을 학수고대하며 준비했는데. 이럴 게 아니고 어서 들어갑시다."

종로금속 건너편 2층 건물도 그가 임대해 쓰는 작업장이었다. 간판도 없는 허름한 구옥이었지만 안으로 들어서는 순간, 눈이 휘둥그레졌다.

이런 작은 가게에 어울리지 않는 여러 장비들이 즐비했고, 더욱 눈에 띄는 것은 본인이 만든 클럽을 시험할 수 있도록 타석도 준비되어 있었다.

게다가 스윙을 분석할 수 있는 첨단 장비들까지.

웬만한 아카데미 저리 가라 할 정도로 최신 설비들을 갖춰 놓은 것을 보고 깜짝 놀랐다.

"이게 다 뭡니까?"

"내가 한 가지에 꽂히면 물불을 가리지 못하는 성격이라 무리 좀 했지. 김 프로, 이리 좀 와 보시오."

"혹시 이 아이언 클럽들, 저를 위해 만드신 겁니까?"

"그렇지! 까다로운 규격 검사를 거쳐야 하기 때문에 여간 까다로운 게 아니더군. 어디 한번 잡아 보겠소?"

"아! 저를 위한 맞춤 클럽이라…."

감동의 물결이 밀려왔다.

고급스러운 기성품에 비해 결코 떨어지지 않았다.

샤프트나 그립 같은 것은 기존 명품을 사용했지만 가장 핵심인 아이언 헤드는 그가 직접 합금을 했으며 쇠를 두드려 가며 만들었다.

이것을 만들면서 오로지 김태주 한 명만을 생각했다는 사실이 놀랍고 감사했다. 그래서인지 그의 열정이 고스란히 담긴 그 클럽을 손에 잡는 일이 결코 간단하지 않았다.

뜸을 들이며 천천히 들어 올렸는데, 묵직한 헤드 무게감이 팔을 거쳐 어깨와 뇌까지 전달되는 것 같은 느낌을 받았다.

"오우! 묵직하네요."

"자넨 힘이 좋잖아. 그래서 얄팍한 금속들을 쓰지 않고 정통적인 배합을 했는데, 어디 휘둘러 보시게."

"네."

이 좋은 그립감이 타격에도 그대로 이어진다면 참 좋겠다는 생각을 하며 천천히 몸부터 풀었다.

프로도 이렇게 몸을 푸는 모습을 보고 자신도 앞으로는 꼭 사전 운동을 하겠다는 최 사장의 다짐에 웃음이 절로 나왔다.

175cm, 85kg 안팎인 최 사장은 몸통이 굵어 힘이 좋아 보이는 스타일이었다. 인상을 긁으면 꽤 험상궂어 보일 그가 태주의 샷을 빨리 보고 싶은지, 마른침을 삼키며 기다렸다.

그가 이 클럽 제작에 얼마나 큰 공을 들였는지 느껴졌기에 대충 휘두를 수가 없었다. 실전과 똑같은 루틴을 밟으며 어드레스를 취했는데, 숨소리조차 들리지 않았다.

퍽!

"어?"

"정타가 나질 않았어. 헤드가 묵직하다면 그 헤드를 느끼면서 좀 더 가볍게 휘둘러 봐."

"네. 아버지."

7번 아이언을 잡았고 몸까지 풀었는데, 타격음이 둔탁했다.

지금 사용하는 클럽보다 살짝 무거운 수준인데, 스윙 밸런스가 확연하게 달라 임팩트가 살짝 비틀어졌다.

그래도 웬만하면 이런 경우는 나오지 않는데, 당황스러웠다. 하지만 상도가 나서 다시 쳐 보라고 권하는 바람에 해명 없이 스윙에 집중하게 되었다.

그런데 생각보다 좋은 임팩트가 만들어지지 않았다. 관용성이 좋은 최신 제품과는 확실히 구분되는 고유한 특징을 보였는데, 열 번쯤 휘두르고 나서야 짜릿한 손맛이 느껴졌다.

하늘이 무너질 것 같은 안타까운 표정을 짓고 있던 최 사장의 입가에 미소가 번진 것도 그때부터였다.

"나이스 샷!"

"이거 신기한 녀석이네요. 마치 제 작은 실수도 용납하지 않겠다는 완고한 선생님 같은 느낌을 줍니다."

"관용성은 다소 떨어지지만 그만큼 민감한 컨트롤이 가능하지 않을까?"

"네. 제 몸에 완전히 익히는 것이 중요할 것 같습니다."

긴말이 필요하지 않았다.

괴팍하지만 민감하고 못됐지만 똑똑한 이 신기한 클럽을 자유자재로 휘두르고 싶은 마음이 간절해졌다.

대화를 자제한 태주는 샤프트의 휨과 헤드의 움직임을

세밀하게 살피며 자신의 스윙에 매칭시키는 시도를 계속했다.

말없이 지켜보던 상도는 최 사장과 함께 스윙 분석 시스템을 켜고 샷을 할 때마다 눈에 띄게 좋아지고 있는 전 과정을 차분하게 지켜봤다.

그리고 한 가지만 물었다.

"잘 맞았을 때의 느낌이 어때?"

"이루 말할 수 없이 좋습니다. 이 녀석을 제 것으로 만드는 과정도 아주 재미있고요."

"기본 스윙이 되면 여러 가지 시도를 해 보자."

"아직은 좀 더 다듬어야 합니다."

태주는 보통 7번 아이언으로 190야드를 본다.

그런데 똑같은 힘으로 휘두르는데도 좀 더 멀리 나갈 것 같다는 느낌이 들었다. 구질도 좀 더 민감하게 적용되었다.

조금만 감겼다는 느낌이 들면 어김없이 훅이 걸렸고, 스윙 궤적이 달라지면 바로바로 가시적인 결과가 나타나 신기하면서도 살짝 두렵다는 느낌마저 들었다.

실수가 여지없이 드러나기 때문이다.

하지만 장점도 확실했다. 트러블 상황에서 요구되는 다양한 기술을 좀 더 적극적으로 활용할 수 있기 때문이었다.

그래도 최우선 과제는 일관성이며 정확한 거리감이었다.

"얼마나 나오지는 체크 좀 해 주세요."

"오케이!"

200, 201, 199, 201, 200, 199, 200, 200….

정확히 기존에 쓰던 클럽보다 10야드가 더 날아갔다.

거리의 편차도 이전보다 줄었다.

컨디션에 따라 다르지만 3야드 안팎이던 편차가 2야드로 줄었는데, 중요한 것은 아직도 클럽 적응이 끝나지 않았다는 사실이었다.

200야드를 기준으로 길어야 1야드, 짧아도 1야드 샷을 십여 차례 보여 주자 최 사장의 입에서 탄성이 터져 나왔다.

말로만 듣던 프로의 정교함이 어느 정도인지 제 눈으로 직접 확인하게 되었기 때문이다.

"드로우를 걸어 보겠습니다."

"200야드 기준으로 좌측 10야드."

"네."

"좋아! 더 먹일 수도 있나?"

"네. 20야드도 가능할 것 같습니다."

"쏴 봐."

정면을 에이밍 하고 그 방향으로 직진 출발해야 한다.

그렇게 쭉쭉 뻗어 나가던 타구가 정점에 오를 무렵부터 사이드 스핀이 걸리면서 휘어지는 전형적인 드로우 샷이다.

10, 20야드를 정확하게 맞췄고 이전에 가능했던 최대 거리가 30야드 안팎이었는데, 최 사장의 클럽은 미스 샷을 한 게 아닌가 싶을 정도로 엄청난 양의 사이드 스핀을 제공했다.

"믿기지 않을 각도까지 휘는군!"

"조절할 자신이 없으면 어설프게 스핀을 먹이면 안 될 것 같습니다."

"페이드 샷도 점검해 보자."

"네."

보통 훅에 비해 페이드 샷 스핀을 거는 것이 어렵다.

실수도 많고 스핀을 걸어도 훅만큼 확연한 결과는 기대하기 어렵다. 그런데도 믿을 수 없을 만큼 많이 휘었다.

다시 한번 어설픈 스핀을 걸면 안 된다는 결론을 내린 태주는 이제 7번 아이언을 놓고 웨지를 찾았다.

"6번이나 8번이 아니고 웨지?"

"네. 백스핀도 이렇게 미친 듯이 걸리는지 궁금해서요. 웨지는 뭐가 있습니까?"

"아직 46도 샌드웨지밖에 만들지 못했어."

"바운스 각도는요?"

"샷이 정교한 자네가 바운스 각도가 작은 걸 좋아한다고 해서 46-8로 만들어 봤는데, 어떨지 모르겠네."

"맞습니다. 전 바운스 각이 작은 걸 좋아합니다."

보통 프로들은 4개의 웨지를 구비하고 있다.

메이커마다 약간의 차이는 있지만 60도 로브 웨지, 56도 샌드웨지, 52도 갭 웨지, 48도 피칭 웨지를 활용한다.

그건 태주도 마찬가지인데, 최 사장이 준비한 아이언클럽 세트는 4, 5, 6, 7, 8, 9, P, S까지 8개였다.

3번 아이언보다 유틸리티가 편한 태주는 그 세트에 웨지 2개, 유틸리티 2개, 우드 2개를 추가해 넣고 다닌다.

우드와 유틸리티의 제작은 또 다른 분야지만, 로프트와 바운스가 다른 웨지를 추가하는 것은 어려운 일이 아니기에 일단 웨지를 점검해 보기로 했다.

"착착 감기네!"

"스핀양은요?"

"수치는 볼 필요도 없어. 저거 봐!"

"어허!"

스크린은 정확할 수가 없다. 하지만 스크린에서도 60야드 웨지 샷이 뒤로 쭉 빨려 왔다. 그린도 아닌 페어웨이에서.

말이 되지 않는 이야기인데, 그만큼 백스핀양이 엄청나다는 증거였다. 그래서 웨지 클럽 페이스를 쳐다봤는데, 기가 막혔다.

"크크. 뭔 그루브가 이렇게 깊습니까? 도랑이 따로 없네요."

"우리 아마추어들은 그 정도는 돼야 백스핀이 꽉꽉 걸리거든. 내가 너무 심했나?"

"네. 전 지금 사용하는 클리블랜드 웨지도 스핀양이 너무 많이 걸려 일부러 교체 주기를 늘렸습니다."

"그럼 더도 말고 그 정도 수준에 맞춰야겠군!"

"타이틀리스트, 포틴, 테일러메이드, 그리고 클리블랜드 최신 모델 수준에 맞추시면 될 겁니다. 아마추어들은 잘 모르지만 사실 프로들은 한 달에 한 번씩 웨지를 바꿉니다. 사용량이 많으면 스핀양이 급격하게 줄어들거든요."

"그럼 그루브의 강도를 높이는 게 더 중요하겠군!"

"그렇죠! 가능하다면."

PGA투어는 그린이 딱딱하고 스피드가 매우 빨라서 공을 홀에 가까이 붙이기 위해서는 일정한 스핀양이 요구된다.

웨지 페이스에 깊이 파인 그루브가 스핀양에 가장 큰 영향을 미치는 요소인데, 마모되면 스핀이 감소할 수밖에 없다.

'웨지도 퍼터처럼 길들여 오래 쓰면 좋다는 인식'은 크게 잘못된 대표적인 편견 중에 하나다.

아마추어일수록 웨지의 그루브는 중요한데, 프로들처럼 자주 교체할 수는 없기 때문에 평소에 관리를 잘할 필요가 있는 것이다.

"이 클럽들 제가 가져가도 됩니까?"

"안 되지."

"왜요? 제 이름 이니셜까지 새겨 놓으셨잖아요."

"너무 부족해서 그러지."

"부족하긴요! 웨지는 수정이 불가피하지만 아이언은 제가 잘만 다듬으면 다음 주에 열릴 AT&T Byron Nelson 부터 데리고 나갈 수 있습니다."

"내 클럽으로 PGA 대회를 나간다고?"

최 사장은 크게 감동을 받은 얼굴이었다.

그의 클럽은 인기가 매우 높다.

좋은 샷을 위해서는 보다 많은 연습과 교정이 필요하지만 현실적인 어려움이 많은 이들이 선택할 수 있는 방법은 많지 않다.

보다 나은 장비에 대한 열망은 의외로 뜨겁다.

적은 힘으로 더 먼 거리를 보내고 작은 실수가 있어도 그럴 커버해 주는 클럽을 구비하는 것이야말로 진리인 셈이다.

게다가 자신의 이름이 새겨진 클럽을 보유하는 것은 금빛 찬란한 장비발보다 더 고급져 보여 지름신이 내리고 만다.

아름아름 알게 된 최 사장에게 주문 제작을 의뢰하는 이들이 많아 굳이 철공소를 운영하지 않아도 될 만큼 많이 번다.

하지만 애초에 자신만의 클럽을 만들 정도로 골프에 진심이었던 그는 친애하는 태주가 자신의 클럽을 쓰겠다고 말하자 밀려드는 장인 본연의 자부심에 음성이 촉촉하게 젖었다.

"그럼 내가 밤을 새워서라도 반드시 멋진 놈을 만들어서 직접 가져갈 테니까 조금만 더 기다려 주게."

"그래도 이건 가져가게 해 주십시오. 4번부터 9번 아이언까지. 이건 손을 더 보실 것도 없습니다."

"아! 좀 더 가다듬고 싶은데…. 상관없어. 어차피 쌍둥이 동생을 같이 만들어 놨거든. 좀 더 잘 뽑아서 가져갈게."

"그럴 필요 없습니다. 그 시간에 차라리 웨지를 넉넉하게 만들어 주십시오. 제가 생각하는 웨지의 바람직한 기능은…."

사실 태주는 샌드웨지 하나로 원하는 다양한 샷을 부족

함 없이 모두 다 구사할 수 있다. 로브 샷, 플롭 샷, 피치 샷, 범 앤 런, 하다못해 러닝 어프로치도 가능하다.

때문에 로프트가 다른 여러 웨지들보다는 각각의 쓰임새가 확실하게 구분되는 웨지의 필요성을 느끼고 있었다.

착상의 전환이 요구되는 사항인데, 스핀이 매우 심하게 걸리는 웨지와 스핀이 걸리지 않는 웨지 제작을 요청한 것이다.

최 사장은 의외로 태주의 말을 쉽게 이해했다. 클럽을 제작하면서 골프에 대한 이해도가 보통 사람과는 다르게 발전했다는 사실을 확인할 수 있는 대목이었다.

"이런! 내가 얼마나 정신이 없는지 커피도 한 잔 내드리지 않았군요. 미안합니다."

"커피에 비할 바가 아닌 명품을 주시지 않았습니까."

"흐흐. 그런가요? 그나저나 김 회장님, 우리 사업 얘기는 언제 시작하려고 그렇게 뜸을 들이십니까?"

"하하! 태주를 봤으니 이제 슬슬 시작해야죠. 시간 나시면 언제든 연락 주십시오. 여기든, 필드든 언제나 환영입니다."

"그렇다면 필드로 나가야죠. 허허허!"

서로 알고 있었다.

이 인연의 시작이 골프 클럽 제작에 있음을.

하지만 뭇사람들과는 달리 상도는 그 사업과 관련된 얘기를 한 번도 꺼내지 않았다. 이미 온갖 잡것들이 꼬였을 때, 최 사장이 어떻게 뿌리쳤는지 익히 알고 있었기 때문이다.

문을 여는 열쇠는 태주가 쥐고 있다고 판단했는데, 역시 옳았다. 이윽고 그가 먼저 입을 열게 된 것이다.

돌아오는 내내 상도의 만면에 떠오른 미소가 지워지질 않았다.

"기분 좋은 일이 있으십니까?"

"그럼! 아들이랑 같이 다니는 게 이렇게 기쁜 일일 줄은 몰랐다. 일언반구도 없던 최 사장이 먼저 사업 얘기를 꺼내잖아."

"대단하다는 사실은 확인했지만 사업성은 있는 겁니까?"

"여러 조사를 해 봤지. 신생 기업으로서 가장 부담스러운 것은 연구 개발일 텐데, 최 사장이 움직이면 연구실을 꽉 채울 인력이 넘쳐나더구나."

"성격이 화통해 대인관계가 좋은 분 같았습니다."

"실제로 유명무실해진 문래동에 일거리를 몰아주는 번영회장 역할을 맡고 있고, 그가 원하는 것을 뚝딱뚝딱 만들어 낼 고급 기술자들도 이미 확보하고 있다고 봐야 해."

"제품 개발과 생산, 품질관리까지 가능하다는 거군요."

"그렇지!"

상도는 아들이 대견할 수밖에 없다.

어려서부터 사고뭉치여서 일찌감치 골프를 시켰다.

학교 공부를 제대로 했을 리도 만무했다. 때문에 골프라도 잘해 제 팔은 흔들 수 있기만을 바랐다.

그런데 대화가 가능했다. 전문적인 지식이 필요한 부분에서도 거침이 없고 사업의 본질을 꿰뚫는 직관력도 엿보였다.

아들은 골프, 사업은 딸에게 물려주려고 했던 생각이 바뀐 지 오래되었다. 기대했던 딸은 한계를 보이며 제 욕심을 채우기 급급한데, 버린 자식 셈 치던 태주가 그야말로 개과천선한 것처럼 훌륭해졌으니 무엇을 더 바라겠나 싶었다.

욕먹으며 독하게 이룬 만큼 일찌감치 물러나 여생을 편안하게 즐기고 싶은 마음이 있었는데, 이젠 아들을 제대로 뒷바라지해야겠다는 생각마저 하게 되었다.

출국하기 전날 밤, 태주는 보영에게 붙들려 생각지도 못한 우려의 말을 듣게 되었다.

"유라를 그냥 저렇게 놔두려고?"

"그냥 놔두지 않으면요?"

"다 좋아. 골프를 해도 되고 출산을 위해 쉬면서 편히 지내도 괜찮다고 생각해. 다만 네가 가고자 하는 길에 방해는 되지 말아야 하는데, 대체 무슨 생각을 하고 그러는 건지 걱정스러워서 그러지."

"너무 염려하지 마세요. 다 잘될 겁니다. 짧은 기간에 워낙 많은 일을 겪다 보니 심신이 지쳐서 그런 것일 뿐, 차분하게 시간을 두고 본인 미래에 대한 고민을 하게 되면 가족들이 모두 이해할 수 있는 결론을 내릴 수 있을 겁니다."

"그렇게 지혜로워 보이지 않아서 그러지."

지혜로워 보이지 않는다는 말은 미련해 보인다는 말이다. 하긴 그런 부정적인 생각의 빌미를 준 사람은 유라가 맞다.

하지만 가장 어려운 관계인 시어머니가 그런 시각을 가지게 되면 피곤한 사람은 유라가 될 것이다.

그래서 그냥 넘길 수가 없었다. 그 또한 제 복이라고 생각할 수도 있지만, 처음에는 작은 틈이 나중에는 둑을 무너뜨릴 수도 있기 때문에 부드러운 언어로 조금만 더 시간을 달라고 부탁했다.

"나야 항상 네가 우선이니까, 네가 그렇게 말한다면 난 얼마든지 기다려 줄 수 있어. 하지만 더 실망스러운 모습을 보인다면 그때는 장담 못 하겠어."

"그런 일은 생기지 않을 겁니다. 제가 더 보듬고 살폈어야 하는데, 너무 쉽게 생각해서 그런 겁니다. 하와이에 오라고 할 때도 단칼에 무시하지 않고 고운 말로 설득했어야 하는데, 그러지 않았거든요."

"그게 왜 네 잘못이야! 네 상황이 어떤지 걔가 가장…"

"엄마. 우리 문제는 우리가 풀어야 해요. 제가 사랑해서 함께하기로 결정한 사람인데, 집사람 마음도 헤아리지 못한 못난 남편이 되고 싶지 않아요. 그러니 저를 봐서라도 조금만 고운 시선으로 봐주세요."

원래 순진한 사람이 틀어지면 더 무섭다.

아예 마음의 벽을 쌓고 대화조차도 응하지 않기 때문이다. 그런 경향이 살짝 살짝 비치기는 했으나 막상 얘기를 해 보니 생각보다 심각했다.

오히려 깐깐한 상도는 아들이 민감하게 생각할 영역이라고 봤는지, 일체 언급도 간섭도 하지 않는데 보영은 달랐다.

모든 기준이 아들이기 때문에 더더욱 그럴 것이다.

그래서 '저를 봐서라도'라는 전제를 붙일 수밖에 없었다.

그날 밤, 태주는 아내와 모처럼 허심탄회한 대화를 나눴다.

"안정기에 접어들 때까지는 편하게 쉴 거야."

"그래. 나도 그게 옳다고 생각해. 네가 워낙 건강해서 걱정은 별로 안 되지만 그건 장담할 수 있는 게 아니잖아."

"고마워. 그런데 가기 전에 하나만 더 해 줘."

"뭘?"

"우리 엄마."

"아! 화해했잖아?"

"그건 아버님 어머님이 있으셔서 그런 거지. 집에 올 생각도 하지 말라는 말은 절대 장난일 리가 없거든."

"그럼 내일 아침 일찍 본가에는 인사를 드리고 처갓집에 가서 아침 먹자."

"나 그럼 짐 싸 놔야겠네."

"그래. 웬만한 건 이 대리에게 맡기고 무리는 하지 마."

"응."

그게 걱정이었나 보다.

판박이처럼 자신과 똑같은 엄마의 화를 진정시킬 자신이 없었던 것이다. 태주를 곤란하게 만들려고 본가에 오래도 죽치고 있었으나, 친정이 더 편한 건 부정할 수 없는 사실이다.

태주도 한국을 방문했고 이젠 더는 고집을 부리지 않겠다고 마음을 고쳐먹었다. 하지만 이미 집에 도착했을 친정 엄마가 전화도 받지 않자 가슴이 철렁했던 것이다.

시간을 두고 온갖 아양을 떨면 결국 딸을 막지는 못할

것이라는 생각은 들지만 즉효약이 있기에 그럴 필요가 없었다.

하지만 출국을 앞둔 태주가 유라와 함께 처갓집에서 받은 밥상머리의 분위기는 사뭇 무거웠다.

"난 쟤를 우리 집에 받아 줄 용의가 없네."

"엄마!"

"여보. 잠자코 있어. 지금 내가 어머니랑 얘기 나누잖아."

"엄마는 정말 왜 그래? 임신한 딸이 집에 와서 좀 쉬겠다는데 그것도 못 해 줘?"

"넌 김 서방이나 따라가. 아무 것도 하지 말고 그냥 옆에 붙어서 따신 밥이나 해 주라고. 여기든, 본가든 건강한 네가 왜 쉬어야 하는데? 난 너희들 가지고도 하루 종일 일했어. 그래도 너희 남매 다 건강하게 잘 태어났고 잘 컸잖아!"

"그때랑 지금이랑 같아?"

"다를 게 뭔데? 이참에 정신 차리고 남편 내조나 잘해. 네가 걱정하는 모든 것들은 그거 하나면 다 해결돼!"

"……"

옆에 붙어서 내조하라는 말에 유라의 말문이 막혔다.

유라가 심통을 부린 이유는 여러 가지가 있지만 그 저변에 깔린 가장 위험한 감정은 불안감이었다.

잘난 남편이 혹여 다른 여자에게 관심을 가지지나 않을까?

꿈에 대한 도전에 모든 열정을 쏟아부어 아내에게는 무관심해지는 것 같은 느낌도 싫었다.

애초에 비교의 대상이 아니건만 골프보다 자신이 후순위라는 생각을 하면 견딜 수가 없었던 것이다.

본인도 미처 자각하지 못했던 집착이랄까?

"어! 갈게. 가서 밥해 줄 거야."

"정말이야?"

"왜 내가 진즉에 그걸 몰랐지? 엄마. 나 음식 좀 가르쳐 줘."

"이게 별 이유를 다 대네."

"아니야. 진짜로 그렇게 할 거야. 엄마나 고모가 할 수 있는 요리는 다 배울 거야. 김치 담그는 법도 배워야지."

태주는 물론 말없이 식사만 하시던 장인도 환하게 웃었다.

부부는 함께 있어야 한다는 것, 그건 만고의 진리였다. 투닥투닥 싸울지언정 서로를 사랑하는 한, 어리고 서툴지라도 부부는 거칠고 험난한 결혼 생활의 파도를 그들만의 색깔로 하나씩 하나씩 채색해 나가야 한다.

투어 시드를 받은 유라가 그 권리를 포기하는 것은 있을 수 없는 일이나, 일단은 출산도 해야 하고 갑작스럽게 제 길을 잃고 방황의 나날을 보내고 있기 때문에 지금 그 결정은 모두를 편안하게 만드는 신의 한 수였다.

그런데 뜻밖에도 태주가 브레이크를 걸었다.

"바로 미국에 건너오는 것은 안 돼."

"왜?"

"7월 중순에 디 오픈 마치고 한국에 올 거야."

"아! 코리안 챔피언십에 출전하려는 거지? 으음…. 대략 두 달이니까, 얼추 맞네. 배우고 싶은 게 한두 개가 아니거든…요"

"그래도 고모님은 오셔야 해. 식구가 점점 더 늘어날 텐데."

"그야 그렇지. 속성으로 배운 것으로는 완벽한 식단을 짤 수가 없어. 그리고…."

투어를 뛰겠다는 말이 목구멍까지 올라온 것 같은데, 끝내 내뱉지는 않았다. 참 안타까운 대목이었는데, 일전에 상도가 언급한 것처럼 유라의 재능은 절대 볼품없는 것이 아니다.

이미 가능성을 충분히 보여 줬기 때문에 지속가능한 훈련이 이뤄지고 경험이 쌓이면 투어를 주름잡을 선수가 될 수 있다.

때문에 출산과 내조, 투어 출전의 적절한 조합이 필요하다. 하지만 그녀가 마음을 헤아린 태주는 그런 생각을 입밖에 내진 않았다.

"그냥 가면 되는데, 뭐 하러 공항까지 따라와."

"꼭 하고 싶은 말이 있어서요."

"으흐! 불안하게 왜 그래. 그 존칭은 쓰든지 말든지 주소를 좀 확실히 하면 안 될까?"

"네."

임 팀장이 보좌하고 있고 공항에서 홍 프로와 만날 것이다.

그런데도 유라는 꾸역꾸역 공항에 배웅을 나왔다. 대체 무슨 말을 할까 우려했으나 한참 뜸을 들인 아내의 입에서 나온 말은 간단하면서도 푸근했다.

"당신은 정말 좋은 남자야."

"남편이 아니고 남자인가?"

"응. 동시에 아주 마음이 넓고 따스한 남편이기도 하지. 그런데도 늘 의심하고 내 고집만 부려서 미안해."

유라 입에서 미안하다는 말이 나올 줄은 몰랐다.

웬만해서는 들을 수 없는 표현이었기 때문에 울컥했다.

도저히 안 되겠어서 전면전을 치를 요량이었는데, 그날

밤 횟집에서 필름이 끊긴 자신이 대체 무슨 말을 했길래, 이런 변화가 일어났는지 궁금하지 않을 수 없었다.

여하튼 기분이 좋아진 태주의 입에서 격려하는 말이 흘러나왔는데, 그날 그때랑 아주 비슷했다.

본인은 몰랐지만.

"너를 선택한 난 네가 뭘 하든 다 믿고 밀어줄 거야. 그러니까 아무 걱정하지 말고 하고 싶은 것은 뭐든 해."

"지금은 아무 생각 없어요. 엄마한테 요리 배우고 그동안 못 한 효도라는 것도 이제 조금씩 시도해 보려고요. 혹시 당신은 내가 뭘 하면 좋겠다는 의견 없어요?"

"7월에 내가 다시 올 때까지 잘 지냈으면 좋겠어. 특히 아이 가졌다고 운동을 게을리하면 건강이 급격히 안 좋아질 수 있으니까 필드에 나가 많이 걸으면 어떨까 싶어."

"그럴게요."

본인은 영문을 몰랐으나 정면으로 부딪쳐 깨는 것보다 더 큰 결실을 맺게 되었다. 상처나 부담을 주지 않으면서도 그녀의 자발적인 변화를 이끌어 냈으니 말이다.

공항에 도착할 무렵, 우연히 꺼낸 화제가 하나 더 있었다. 전생이나 이번 생이나 제대로 된 공부를 해 본 적이 없다.

그래서 기회가 되면 좋아하는 분야를 깊이 있게 배우고

싶다는 의향을 밝혔는데, 유라가 그 생각을 냅다 가로챘다.

"그 공부, 나부터 해 볼 거야!"

"고유라. 뭐가 그리 급해. 천천히 하나씩 해."

"솔직히 내가 좀 무식하잖아…요. 당신은 쓰는 말도 고급스럽고 사람 대하는 것도 잘하고 특히 외국 기자와의 인터뷰를 통역도 없이 그냥 해내는 거 보면 정말 대단해 보여!"

"그럼 시간 여유가 있을 때마다 영어 레슨을 받아. 이 대리의 영어 구사 능력이 거의 원어민 수준이라니까, 모든 대화를 영어로 나누면 도움이 꽤 많이 될 거야."

"아! 그런가? 여하튼 나도 공부할 거야!"

바람직한 일이었다.

공부를 할 수 있을지, 없을지 확신하기 어렵지만.

공부만큼 어려운 것이 없다는데, 그건 열망의 유무와 관련이 있다. 억지 강요가 아니라 본인 스스로 필요에 의해 시작한다면 그 결과는 긍정적으로 나타날 수밖에 없다.

학습을 통해 자신을 돌아보는 계기도 될 테니 나쁠 게 없었다. 공항에 도착해 홍 프로와 조인이 되었고 드디어 미국으로 출발하게 되었지만 여전히 남은 의문은 풀고 싶었다.

그 열쇠를 임 팀장이 쥐고 있었다.

"팀장님. 그날 횟집에서 대체 무슨 대화가 오간 겁니까?"

"저도 확실하게 다 듣진 못했습니다."

"아는 범위 내에서만 얘기해 주세요. 아시다시피 제가 꽐라가 되는 바람에…. 흐흐흐."

"그럼 제가 아는 것만 말씀드리겠습니다. 솔직히 전 많이 놀랐습니다."

"왜요?"

"전 보스가 한바탕 하실 줄 알았거든요. 그런데 아까 차 안에서 말씀하신 것처럼 다 받아 줄 테니까 뭐든 괜찮다고 얘길 하시더라고요."

"제가요?"

"혼을 내도 시원찮을 판에 왜 그러나 싶었는데, 제 생각이 짧았습니다. 기대하지 못한 넓은 아량을 보이시니까 사모님이 말을 못 하시고 우셨습니다."

"제가 유라를 울렸다고요?"

"네. 감동을 받은 것 같았습니다. 사랑의 힘으로 온갖 의심과 불안을 불태웠다고 저는 생각했습니다."

꿈보다 해몽이 과한 것 같아 낯이 간지러웠다.

아내에 대해 넓은 아량을 보이고 싶긴 했으나 그날 그 상황에서 보여 준 행동은 자신의 의사에 반한 것이었다.

50여 년을 살며 변변한 사랑 한 번 못 해 보고 노년을 바라봤던 자신이기에, 유라가 자신에게로 왔을 때 굳게 다짐했다.

　이번 사랑은 절대 놓치지 않겠노라.

　아쉬울 게 없는 젊고 유능한 남자로 자리를 잡았으나 그건 외부인의 시각일 뿐, 실제 태주는 애틋한 사랑에 대한 절박한 감정을 가지고 있는 평범하지도 못한 남자였다.

　때문에 이 결혼 생활이 자신의 원대한 꿈과 비교해도 절대 가벼운 가치가 아니었다. 아무리 성공한들, 그 성과와 기쁨을 나눌 짝과 후사가 없다면 그 무슨 소용이 있겠는가!

　"얘기 끝났어?"

　"어? 이모. 깨어 있으셨습니까?"

　"귀가 솔깃한 얘기잖아. 아까 공항에서 보니까 잘 풀린 것 같아 안심했는데, 그게 다 김 프로가 넓은 품으로 안아 줘서 그런 거라니…. 놀랍고 부럽네!"

　"이모가 보기에도 잘된 것 같았습니까?"

　"응. 대체 무슨 방법으로 그 똥고집을 꺾었는지 궁금했는데, 너 정말 대단하다. 최악의 상황까지 갈 수도 있겠다 싶었어."

　"그런 일은 없을 겁니다. 유라는 제게 벅찬 사랑이거든요."

"고마 해! 네가 뭐가 아쉬워서…."

태주가 그녀의 말을 제지하는 바람에 더는 언급하지 않았으나 객관적인 시선은 그랬다.

물론 유라가 부족한 여자라는 것과는 다른 개념이다. 하지만 젊은 부부에게 닥친 위기의 파도가 하도 높아 위험신호가 울리고 있다고 봤다는 말이었다.

최악의 상황까지 치달으면 이혼도 언급될 것이라고 생각했다는 말에 태주도 고소를 금할 수 없었다.

물론 이혼은 있을 수 없는 경우의 수다. 미우나 고우나 평생을 함께하기로 약속한 것이 결혼이기 때문이다.

그러고 보니 아직 식을 올리지 않았다.

"임 팀장님. 코리안 챔피언십 #2가 끝나는 날, 그린 위에서 결혼식을 올릴 수 있을까요?"

"네?"

"혼인신고는 했지만 아직 하객들 앞에서 선언하지는 못했거든요. 왜 그런 과정이 필요한 것인지 이제야 깨달았습니다."

"대회가 끝나면 5시가 넘을 텐데요? 그리고…."

"대회 성적은 상관이 없습니다. 그저 저를 아끼고 사랑하는 분들을 모시고 우리 결혼했다고 인사를 드리는 과정을 치러야겠습니다. 그렇게 알고 준비를 해 주십시오."

"회장님께 보고 드리고 지침을 받아 움직여도 되겠습니까?"

"그건 당연하죠. 양가와 협의 과정도 무시하지 마시고 진행 과정을 제게 알려 주십시오. 그리고 뭐든 아끼지 마시고요."

"네!"

원래 계획은 가시적인 성과를 이룬 오프시즌으로 세워졌다.

PGA 시즌은 8월에 끝나고 9월 중순부터 정규 대회가 있지만, 소소한 규모라서 본격적인 시즌은 새해부터라고 봐도 무방하다.

또한 유라가 뛰고 있는 LPGA는 11월에 시즌이 끝나는 일정이라서 결혼식은 연말에 진행할 생각을 했었다.

목표도 세워 뒀지만 둘 다 각각의 투어에서 우승을 신고한 상황이기에 하루라도 빨리 말뚝을 박는 것이 그녀를 위해서도 좋다고 판단했다.

"그래. 연말에는 배가 불러서 웨딩드레스를 입으면 폼이 안 날 거야. 7월 말이면 표도 나지 않아서 유라도 엄청 좋아할 것 같아."

"왜 진즉에 그 생각을 하지 못했는지 모르겠습니다."

"바빴잖아. 이제라도 생각한 건 다행이지 뭐. 아마 유라도 심적으로 상당히 안정감을 느끼게 될 거야."

"으음…. 좋네요!"

한국에 들어올 때는 마음이 편치 않았다.

불필요한 일정이라는 생각이 강했기 때문이다.

자신은 부부 사이에 대한 강한 확신과 믿음이 있는데, 왜 유라는 그러지 못한지 안타까웠고 화가 난 것도 사실이었다.

하지만 이번 방한을 통해 얻은 것이 적지 않았다.

양가 부모님을 모시고 여행을 가면서 가족에 대한 끈끈한 연대를 느낄 수 있었고, 골프 클럽 제조에 대한 밑그림도 그릴 수 있게 된 점은 매우 고무적이었다.

하지만 가장 큰 소득은 역시 유라와의 관계를 재정립한 것이었다. 묘하게도 내내 아슬아슬한 얼음판을 걷는 것 같은 느낌이 있었는데, 염려하던 것보다 훨씬 좋은 결과를 얻어 한국을 떠나면서는 마음이 편안했다.

"TJ. 너무너무 반가워요."

"아이고! 헬렌, 뭐 하러 공항까지 나왔습니까?"

"어차피 가까이 와 있었거든요. 우리 까다로운 고객님께서 부르셔서 오지 않을 수가 없었는데, 당신 얼굴을 보게 되어서 더 기뻐요. 흐흐."

"결국 약속한 대회 수는 맞출 수 있게 되어 다행입니다."

"그러니까요! 그대 표정이 밝아 저도 기분이 아주 좋아요."

"그렇습니까? 여하튼 Wells Fargo 챔피언십 측에는 심심한 사과를 드리고 내년에는 꼭 출전하겠다고 전해 주십시오."

"그럴 필요 없어요. 갑이 누군지 보여 줄 필요가 있거든요!"

"그래도 지킬 것 지키는 게 좋습니다. 그렇게 해 주십시오."

"참나! 알았어요."

내년 투어 일정이 어떻게 될지는 아직 알 수가 없다.

어차피 대회 출전과 불참은 선수의 자유의사에 따른 것이다. 사정이 있으면 못 나갈 수도 있는 법, 굳이 다음 시즌 출전을 약속할 필요는 없다.

하지만 자신의 출전이 대회 흥행에 영향을 미친다는 것을 알고 있기에 최소한의 예의는 지키는 것이 좋다고 봤다.

그런데 본래 예정에 없던 대회 출전이 무척 신경 쓰인 사람도 있었던 것 같았다.

"태주야!"

"어? 이 프로님. 오랜만에 뵙습니다."

"그래. 한국에 갔다고 들었는데, 일찍 왔네?"

"네. 일처리가 잘 되는 바람에. 근데 선배님이 작년에 이 대회 코스 레코드를 세웠다는 말을 들었습니다. 어떻게 25 언더를 치셨습니까?"

"살짝 미쳤었지. 앞으로는 우리 인사 좀 하고 지내자."

"아, 네. 잊지 않겠습니다."

결론은 인사하러 오라는 말이었다.

이 프로는 나무랄 데 없는 좋은 성격의 소유자다.

태주보다 8살이나 많아 함께 지낸 시간은 길지 않다. 굳이 선후배를 따질 관계는 아닌데, 만약 그걸 따지고 싶었다면 TS 아카데미 전지훈련에 참석했어야 한다.

개인 사정이 있다지만 그가 보여 준 태도는 어려서부터 그를 가르친 태식의 입장에서 본다면 안타까움을 넘어 서운했다.

골프에 있어 진심인 사람으로 기억되고 싶다고 말하지 않았던가! 그렇다면 의리를 지키는 것은 기본에 해당한다.

스승의 뜻을 기리는 캠프를 외면한 이유가 석연찮았기에 잊지 않겠다고 대답은 했지만 마음이 편치 못했다.

그런데 서둘러 자리를 떴던 이유가 밝혀졌다.

홍 프로가 다가왔었기 때문이었다. 하지만 그녀는 이 프로를 보자 빙 둘러 그리로 향했고 결국 그냥 지나치지 않았다.

"이경훈. 너 어쩜 그러냐?"

"아이고! 또 그 잔소리…."

"성공 좀 했다고 과거를 잊거나 무시하면 안 되지!"

"그런 거 아닙니다. 나중에 말씀 드릴게요."

"됐어. 아까 보니까 우리 김 프로한테 선배 대접을 받으려는 것 같던데, 어림도 없다. 넌 그냥 네 경기나 잘해."

"……."

그에게도 대선배에 해당하는 홍진주 프로가 훈련 캠프에 오지 않은 것을 가만히 두고 볼 리가 없다고 판단한 것이다.

아니나 다를까, 매섭게 몰아붙였는데 그나마 적정선을 지키고 물러섰다. 하지만 무척 곤란해하는 그의 표정을 마주한 태주는 자신도 오해를 했을지 모른다는 느낌을 받았다.

사교적이진 않지만 아주 성실한 이 프로는 미국에 건너간 뒤로도 태식에게 정기적으로 연락해 인사를 하던 제자다.

때문에 캠프에 오지 않은 것이 더 서운했는데, 오지 못할 이유가 있었을 것이라는 생각이 들자 자리를 한 번 가져 사정을 확인해 봐야겠다는 판단이 서게 되었다.

"지는 제 몫도 하지 않으면서 웬 선배 대접?"

"사정이 있었을지도 모릅니다. 나중에 확인해 보고 얘기하는 게 좋을 것 같습니다."

"사정은 무슨! 그런 일이 있으면 얘길 해야지."

"말 못할 이유가 있을 수도 있죠. 올 겨울에 합류할 수도 있습니다. 누가 뭐래도 선생님이 아끼던 제자인데, 그점을 고려하는 게 좋을 것 같습니다."

"참…. 넌 비위도 좋아?"

"원래 작은 오해가 관계를 변질시키는 겁니다. 그러니까홍 프로님이 살살 다독이는 게 정답일 것 같습니다. 이모한테는 함부로 하지 않잖아요."

"지가 어쩔 건데?"

말은 그렇게 해도 홍 프로도 아쉬워하는 건 분명했다.

PGA에서 활약하고 있는 한국 선수가 극소수였기에 서로 좋은 관계를 유지하는 것은 바람직한 일이며 동문수학했다는 사실은 그 어떤 이유로도 부정할 수가 없다.

아무 상관이 없다고 생각할 수도 있는 태주와 그를 가르치고 아꼈던 태식의 입장이 다르기 때문에, 오해가 있다면풀고 한 식구처럼 지내는 것이 좋다고 판단했다.

"최근 두 시즌 연속 한국 선수가 우승한 대회잖아. 그건 우리나라 코스와 비슷한 세팅이라는 거 아닐까?"

"그렇죠. 강성훈 프로가 −23로 우승하고 이 프로도 −25
를 친 걸 보면 이유가 있긴 할 겁니다."

"그래서 널 견제한 건가?"

"그렇지는 않을 겁니다. 이모도 아시잖아요. 이 프로의
성품이 어떤지."

"하기야. 캠프 불참이 좀 믿기지 않긴 했어. 여하튼 컨디
션 점검 끝나면 코스부터 둘러보러 가자."

"그러죠."

AT&T 바이런 넬슨이 개최되는 TPC 크레이그 랜치는
미국 최고의 프라이빗 골프클럽 중에 하나다.

댈러스 도심에 위치하지만 로울렛 크릭(Rowleet
Creek- 도시에 위치한 작은 호수나 만)을 둘러싸고 있는
울창한 숲과 눈부시게 파란 하늘이 무척 아름다웠다.

직사광선이 뜨거워도 빈틈이 없어 햇빛조차 통과하지 못
하는 나무 그늘을 거니는 기분이 아주 쾌적하고 상큼했으
며, 숲 사이로 구불구불 이어진 코스는 언듈레이션이 상당
한 구릉지를 깔고 앉은 매우 아름답고 평온한 풍광을 선사
했다.

모처럼 코스 투어에 따라온 임 팀장이 추가 정보를 읊조
렸다.

"텍사스 주내에 위치한 900여 개의 골프 코스 중에서 최상의 난이도로 평가를 받는 코스입니다."

"코스의 언듈레이션이 스윙에 막대한 영향을 끼칠 아마추어에게는 어려운 코스가 맞을 겁니다. 하지만 훈련이 제대로 된 프로들에게는 언더파를 기대할 수 있는 레이아웃입니다."

"주최 측에서 이번 대회의 코스 전장을 최대한 활용하겠다는 발표가 있었습니다. 투어 티 기준 7,438야드입니다."

"임 팀장님은 대체 언제 쉬십니까?"

"흐읏! 요즘 저는 그 어느 때보다 편하게 근무하고 있습니다. 무엇보다 위험하지 않고 추가 임무가 없어 밀린 공부까지 할 정도니까 그런 말씀을 하시니 쑥스럽습니다."

"하하! 그런가요? 제게는 더없이 소중한 식구인데."

임성준 팀장은 본연의 임무인 그림자 역할을 충분히 잘 감당하고 있었다. 그가 있어서 어딜 가든 걱정이 없고 늘 챙기지 못한 것들을 채워 주다 보니 듬직하기 이를 데 없었다.

그런데도 본인은 근무 이력 중에 지금보다 편안했던 적은 없다는 말을 했다. 오로지 태주의 경호와 관련 업무만 보는 것이 살벌하고 빡빡한 일정을 소화하던 그에게는 마치 휴가를 온 것처럼 수월하다는 의미였다.

하지만 그런 말을 뱉은 그의 얼굴에 갑자기 어두운 그림자가 내려앉았다. 늘 이런 식의 말을 하면 사고가 터지는데, 그 불문율을 어기는 우를 범했다나?

"여기 14번 홀이 이 코스의 시그니처 홀이야."

"짧은데요? 340야드?"

"내리막이 있는데도 투어 티 기준 330야드이고 어떨 때는 310야드로 플레이되기도 해. 그 이유는 눈에 보이지?"

"총 9개의 벙커 중에서 그린 가드 벙커가 6개네요. 걸리면 혹독한 대가를 치르게 만들었지만 우측과 후면에 몰려있기 때문에 어렵다고 보긴 힘들지 않을까요?"

"좌측의 호수는?"

"그 정도까지 미스 샷을 할 일은 없을 것이고 그린 앞 페어웨이의 폭이 20야드나 된다면 3번 우드로 방향만 잡으면 얼마든지 1온이 가능한 홀이라고 봅니다."

"에이! 괜히 시그니처 홀이겠어?"

골드의
성이
강림했다

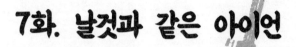

7화. 날것과 같은 아이언

골프의 신이 강림했다

홍 프로는 태주의 정교함을 신뢰한다.

그래도 이 코스의 자랑인 홀을 앞두고 지나친 자신감을 피력하는 것은 위험하다고 봤다.

하지만 홀에 대한 분석 그 어디에도 빈틈은 보이지 않았다. 그런 기량을 갖추고 있기 때문에 반박할 여지가 없었다.

게다가 이미 텍사스와는 인연이 깊다.

2개 대회나 연속해서 우승한 경험이 있기 때문에 답답해도 실전 라운드를 기다릴 수밖에 없다고 생각했는데, 임 팀장이 또 한 번 중요한 포인트를 짚었다.

"텍사스 지역 전체가 비슷한 경향을 보이지만 이곳 댈러스는 주변 지형과 낮은 고도로 인해 공기가 묵직한 것으로 유명합니다. 때문에 사전에 거리 설정이 중요하다고 생각합니다."

"아! 중요한 포인트네요. 시간이 없어서 오늘 저녁부터 클럽 적응 훈련에 돌입해야 할 것 같습니다."

"클럽 적응? 네가 가져온 클럽이 새 모델이었던 거야?"

"네. 아직 세상에 없는 메이커죠. 크크크."

코스 구석구석을 살펴본 패밀리는 저녁 식사를 마치고 곧바로 클럽 적응 훈련에 돌입했다.

메이커가 없는 대신 'TJ'라는 태주의 이니셜만 새겨진 최 사장 표 클럽은 날것 그대로여서 더 눈에 띄었다.

4번부터 피칭 웨지까지 7개의 세트를 꺼내 쭉 펴놓자 홍 프로는 매우 흥미로운 표정을 지으며 꼼꼼하게 살펴봤다.

그녀로서는 너무 묵직한 느낌일 테고 무게중심도 낮아 한 번 휘둘러 보고는 혀를 내둘렀다.

"이거 괜찮겠어?"

"괜찮은 정도가 아닙니다. 저를 아주 흥분하게 만들죠."

"왜?"

"미스 샷을 용서하지 않는 녀석이거든요."

"그럼 좋은 게 아니잖아."

"아니요! 전 그래서 더 좋습니다. 제대로 맞으면 무엇이든 가능하게 만들어 주는 신비한 매력을 지닌 것 같거든요."

"난 이해가 안 되는데?"

"지켜보십시오. 저도 쉬울 거라고는 생각지 않습니다."

최 사장을 중심으로 사업을 구상한 이유는 관용성이 좋은 클럽을 제조해 판매하기 위해서다. 그 기준으로 보자면 현재 이 클럽들의 특성은 상품으로서의 가치가 떨어진다.

그러나 태주의 생각은 달랐다.

클럽의 특성을 이렇게 생생히 살릴 수 있는 기술이 있다면 초보자들을 위한 클럽의 제조는 훨씬 수월할 것이다.

극한까지 다뤄 봤다는 의미이기 때문이다.

거기에 자신이 가지고 있는 신비한 능력이 첨가된다면 희대의 명품이 나올 수도 있다는 확신을 가지고 있었다.

관련 능력을 극한까지 끌어올리는 노력이 필요한데, 그 매개체가 바로 이 날것의 아이언이라고 판단했다.

'끙!'

홍 프로의 심드렁한 표정이 가시질 않았다.

조심스럽게 치는데도 샷 결과가 이전보다 낮다고 볼 수가 없었기 때문이다. 참다못해 대회가 코앞인데, 이럴 겨

를이 없다는 말까지 꺼냈으나 태주는 씩 웃어 보인 뒤 다시 샷에 집중했다.

자꾸 클럽에게 말을 거는 태주가 제정신이 아니라고 생각했으나 태주는 이 클럽에 영혼을 불어넣는다는 느낌으로 다독이며 한 샷 한 샷에 정성을 다했다.

"그렇지! 바로 그거야."

"이모. 이번 샷 기가 막히지 않았습니까?"

"이전 클럽으로도 그 정도는 쳤어!"

"크!"

하기야 이전에도 7번 아이언으로 150야드부터 210야드까지 다양한 상황을 상정하고 그에 맞는 훈련을 해 왔다.

게다가 그녀는 느낄 수 없는 독특한 손맛이 있는데, 그걸 공감해 달라고 하는 것이 무리라는 것도 안다.

대회를 앞두고 시간도 별로 없는데 새 클럽에 적응하는 것이 현명한 선택이 아님을 태주라고 모르는 것은 아니다.

자신 같아도 뜯어 말렸을 것이다.

그래서 심드렁한 얼굴이 뾰로통해져도 할 말은 없었다.

생각보다 휘어잡기 쉽지 않았으나 그래도 어느 정도 감을 잡고 숙소로 복귀했는데, 그때부터 잔소리가 끊이질 않았다.

그냥 웃어넘겼더니 결정적인 도발도 불사했다.

"9연승은 이제 포기한 거야?"

"언젠가 꺾이겠지만 이번 대회가 될 가능성이 높죠. 아니, 기왕이면 이번에 끝나는 게 나을지도 모릅니다. 메이저 대회는 새로운 마음으로 시작하고 싶으니까요."

"야! 너답지 않게 왜 그래! 그러니까 그냥 쓰던 클럽으로 가자. 새 클럽은 오프시즌에 완벽하게 적응하고 써도 되잖아."

"프로님 말씀이 옳다는 거 인정합니다. 하지만 끌립니다. 그 괴물 같은 녀석들에게."

태주는 감정에 휘둘리는 스타일이 아니다.

사람이 감정 없는 판단을 내리기는 어렵지만 그래도 골프에 관한한 믿기 어려울 만큼 차가운 이성을 비치는데, 이번 경우는 달랐다.

클럽에 자꾸 생명을 불어넣는 표현을 사용하는 것부터 납득하기 힘들었다. 특히 끌린다는 말을 썼는데, 그냥 무시하기에는 너무 묵직했다.

때문에 홍 프로도 더는 압박하기 힘들었는데, 태주가 타협안을 내놨다.

"내일까지 호흡을 맞춰 보고도 가시적인 결과가 없으면 다음으로 미루겠습니다."

"내일이 화요일인 건 알지?"

"네. 너무 걱정하지 마세요. 그 녀석도 내 진심을 알아줄 겁니다."

"어이고! 병원 가 봐야 하는 거 아닌가? 아예 이름도 지어 주지 그래? 새로 낳은 자식처럼."

"아! 그래야겠네요."

"헐!"

잠들기 전까지 그 생각만 했다.

그리고 정말로 이름을 지었다.

'날것과 같은 아이언, 나리언!'

생생한 느낌의 원초적인 특성을 지닌 아이언이라고 생각했기 때문이다. 발음이 좀 묘했지만 몇 번 불러 보니 괜찮다는 느낌도 들었다.

그리고 다음 날 연습하는 내내 그 이름을 수십 번도 더 불러 홍 프로까지 '그놈의 나리언!'이라는 표현을 사용했다.

"와아! 이번엔 정말 잘 맞았어. 얼마를 본 거야?"

"190야드를 본 겁니다. 거의 정확하지 않았나요?"

"응. 190.3야드가 나왔어."

"다시 그 거리를 집중적으로 쳐 볼 테니까 쭉 기록을 체크해 주십시오."

맙소사!

홍 프로의 입에서 그런 감탄사가 튀어나왔다.

5번의 샷이 모두 190야드 기준으로 0.5야드를 벗어나지 않았기 때문이다. 게다가 같은 거리를 두고 드로우, 페이드, 펀치 샷, 피치 샷 등을 시험했는데, 거리를 정확히 맞췄을 뿐만 아니라 타구의 궤적이 아름답다는 느낌마저 줬다.

오후가 되자 언제 구박했냐는 듯 홍 프로가 나리언을 칭송하기 시작했는데 만져 보고 직접 쳐 보고 난리가 아니었다.

"나한테는 좀 버겁네."

"그야 제 체격과 파워, 스윙 스피드를 고려해서 만든 거니까 당연하죠. 근육의 질과 양부터 다른데, 이모의 스윙이 좋으면 그게 더 이상한 겁니다."

"그런가? 나도 이참에 한 세트 주문 제작할까?"

"어딘 줄 알고요?"

"이거 네가 준비하는 클럽 제조 회사의 시제품 아니야?"

"어허! 알고 있었습니까?"

하기야 늘 붙어 다니는데 모를 수가 없을 것이다. 다만 피상적인 것만 알뿐, 진행 상황이나 내용은 아는 게 거의 없었다.

그러니 주문 제작 운운하는 것일 테지.

만들어 줄 수도 있지만 지금은 그럴 시간적 여유도 없다. 이제 곧 본격적인 사업에 돌입하게 될 것이기 때문이다.

나리언의 구성을 다 맞추면 곧바로 연구 개발 팀을 꾸릴 것이고, 법인을 설립하겠다는 상도의 말이 있었다. 때문에 홍 프로에게는 나중에 정식 제품이 나오면 직접 구매하라고 했다.

"어? 너무하는 거 아냐? 식구끼리."

"돈도 잘 벌잖아요. 가족 할인 해 줄 테니까 그런 일로 삐치지 마시고 스윙 영상 좀 본격적으로 분석해 주십시오."

"오케이!"

상세 분석 결과는 더 놀라웠다.

같은 헤드 스피드에 더 긴 비거리를 제공했으며, 기술 샷을 구사했을 때 적용되는 스핀양이 기대치를 훨씬 넘어섰다.

미세한 차이도 반영하는 단점이 가슴을 철렁하게 만들지만 의도한 샷이 완벽하게 구현되었을 때는 등골에 소름이 돋는 마력을 발산했다.

홍 프로도 흥분을 감추지 못했지만 그녀가 받은 충격은 당사자가 받은 것에 비하면 아무 것도 아니었다.

"문제는 일관성입니다."

"이제 많이 좋아졌잖아. 뭐가 문제야?"

"너무 민감해요. 이전 클럽에 비해 그 민감한 정도가 열 배 이상입니다. 조금만 어긋나도 결과가 달라진다고 생각하니까 심리적인 압박감이 제 평정심을 넘어서는 수준입니다."

"어이! 그 정도야? 그럼 실전에 적용하기가 부담스러운 거잖아."

"그러니까요. 근본적인 해결책은 연습을 통한 확신을 얻는 것인데, 주어진 시간이 충분치 않다는 게 문제입니다."

"그래도 이만하면 결과가 괜찮은 거 아닌가? 지금 다시 클럽을 바꾸는 게 더 문제를 낳을 것 같아!"

바로 그 점이 문제였다.

뒤늦게 출전 신청을 하는 바람에 연습 라운드가 개막 전날인 내일 아침으로 주워졌다. 연습 라운드에서 사용한 클럽을 대회에서도 사용할 수밖에 없는데, 상황이 애매했다.

나리언의 적응이 쉬울 것이라고 판단한 생각 자체가 자신의 치명적인 오만이 될지도 모를 상황에 처하고 말았다.

그렇다고 다시 본래 클럽을 잡자니 그것도 내키지 않았다. 확인하진 않았지만 이미 나리언의 생생한 손맛을 봤기 때문에 그 또한 만족한 결과를 얻기는 어렵다는 판단이 섰다.

"고!"

"좋아! 못 먹어도 고지!"

"오늘 다른 운동은 접고 스윙 점검만 해야 할 것 같습니다."

"내 생각도 그래. 오랜만에 불 꺼질 때까지 불태워 보자고!"

아카데미 시절, 태주는 야간 훈련을 숱하게 했었다.

주워진 과제를 해치우지 못하거나 훈련에 불성실한 태도를 보이면 어김없이 주어지는 특별 훈련을 소화해야 하는데, 그게 바로 1000, 2000, 3000 스윙이었다.

말이 쉽지, 집중한 샷 몇천 개를 하다 보면 자정을 넘기기 일쑤였다. 다들 지친 몸을 뉘일 시간에 혼자 타석에 남아 골프공과 씨름했던 그 기억들이 이젠 그리운 추억의 한 조각이 되었지만 그 당시에는 고역, 그 자체였다.

홍 프로도 경험에서 우러나는 발언을 뱉었다.

"숙제하던 기억이 나네!"

"이모가 야간 특훈을 했던 기억은 없는데요?"

"왜 없어! JLPGA 대회에 초청받아 나갔는데, 어이없는 컷 탈락을 당하고 돌아와서 선생님한테 얼마나 혼이 났는지, 눈물을 쏙 뺐었어."

"아! 그때!"

"아는 척하긴! 선생님 방에서 혼난 걸 니가 어떻게 알아!"

알지.

하지만 아는 척할 수는 없었다.

홍 프로는 차분하게 감정 조절을 잘하는 스타일이지만 은근히 자기애가 강한 성격이었다. 오랜만에 일본에 도착한 홍 프로는 제사보다 젯밥에 더 큰 관심을 가지고 놀러 다녔다.

그 당시 스윙이 매우 좋았기에 그걸 믿고 자만하다가 큰 망신을 당하고 말았는데, 안 그래도 속상한 그녀가 귀국하자 태식은 곧바로 호출했고 거친 말까지 섞어 혼을 냈었다.

스윙만 보고도 나태한 그녀의 심리상태를 귀신처럼 알아본 호된 꾸지람과 함께 주어진 것이 2주간의 특별 훈련이었다.

어려서부터 독한 훈련에 적응했던 그녀도 버거웠던 그 훈련을 마친 뒤, 다시 찾은 일본 투어에서 3연속 톱 10 진입과 우승까지 맛봤으니 고진감래가 아닐 수 없었다.

"겨우 이븐파라니!"

"그래도 버디를 6개나 낚았잖아. 이제 코스도 파악했으니까 치명적인 실수만 줄이면 돼."

"전략은 둘째입니다. 안정된 샷을 하는 것이 가장 중요한데, 미스 샷이 연속해서 나오는 게 문제입니다."

트리플 보기가 나왔다.

아무리 연습 라운드라지만 언제 그런 스코어를 적어 봤는지 기억에도 없는 스코어였으며 중간에 자신이 날린 샷이 믿기지 않아 다시 쳐 보는 상황도 겪어야 했다.

중요한 것은 자신감이 확연하게 떨어졌다는 것이다. 그게 자신의 강점이고 가장 위험한 상황임을 알면서도 이미 축축하게 젖어 드는 느낌은 아주 더러웠다.

"태주야! '겨우 이븐파'가 아니라, '그래도 이븐파'라고 생각해야 하지 않을까?"

"그래도 이븐파! 그러네요. 그렇게 헤매고도 이븐파를 쳤네요."

"그러니까. 물론 네 눈높이가 다른 프로들과 다르다는 거 알아. 하지만 새 클럽을 들고 아직 적응이 되지 않았는데도 기가 막힌 샷이 나오잖아. 어차피 포기하지 않을 대회라면 긍정적인 생각만 모으자."

"우리 홍 프로, 오늘 왜 이렇게 예뻐 보일까?"

"이게 진짜!"

* * *

- 서던 힐스 CC랑 가깝기 때문일까요? PGA 챔피언십

한 주 전에 열리는 대회라서 탑 랭커들의 출전이 드물 것이라고 생각했는데, 빠진 선수가 없습니다.

– 다들 포인트를 쌓을 기회라고 생각했을 겁니다. 이번 주에 샷 감각을 끌어올리고 메이저 대회에 임하면 좋겠다는 생각들이 일치한 것이고 그 덕분에 이 대회 주최 측은 행복한 비명을 지르고 있죠!

– 지난주에 예정되었던 대회를 건너뛴 TJ KIM이 이번 대회에 출전한 것도 재미를 더하는 요소가 아닌가 싶습니다.

– 텍사스 오픈에서 멋진 데뷔전 우승을 거둔 뒤, 연승을 했지만 취리히 클래식은 팀 경기여서 이번 대회가 그의 실력을 가늠할 수 있는 실질적인 첫 대회라고 봐도 무방합니다.

어불성설이다.

팀 경기였어도 태주의 압도적인 실력이 우승에 결정적인 역할을 했다는 것은 부정할 수 없는 사실이다.

그럼에도 불구하고 낯익은 NBC 중계진이 아닌 폭스스포츠가 이 대회 메인 중계방송을 맡는 바람에 태주는 졸지에 다시 시험대에 오르게 되었다.

물론 이제 첫 홀 티 그라운드에 올라선 태주는 그 해설을 듣지 못했고 자신을 향한 팬들의 열화와 같은 박수 소리에 심장이 날뛰고 있었다.

"초짜도 아닌데…. 이렇게 달리 느껴지다니!"

무려 8승을 수확했다.

십여 년 이상 이 무대에서 활약하면서도 그런 성적을 거두지 못한 선수가 수두룩하다.

고로 중견 선수 못지않은 관록이 묻어나야 하는데, 그전에는 그런 자신감이 아우라처럼 은은히 퍼져 나왔는데, 오늘은 날뛰는 심장과 함께 루틴을 밟는 발길도 무거웠다.

마치 데뷔전을 치르는 루키처럼.

"이런!"

2번 홀에서 버디를 낚으며 무난한 출발을 했다.

하지만 샷이 살짝살짝 밀리는 것 같아 테이크 어웨이를 조금 플랫하게 들어 스윙 궤적을 일직선으로 가져가려고 했다.

그런데 그 결과는 원치 않았던 훅이 걸렸다.

그것도 마치 일부러 강력한 훅을 구사한 것처럼 쭉쭉 뻗어나가던 공이 최고점을 찍을 순간부터 절묘하게 휘었다.

문제는 그린 좌측으로 깊은 벙커가 붙어 있다는 점이었다.

- 어? 뭐죠?

- 벙커에 빠지진 않았습니다. 하지만 빠진 것보다 더 까다로운 상황인 것 같습니다. 스탠스가 나오지 않을 것 같아요.

- 188야드 파 3홀에서 왜 갑자기 드로우 샷을 구사한 겁니까? 우측으로 여유가 많고 그린 경사도 좌측으로 흐르는데.

- 핀이 좌측에 꽂혀 있어 우측을 보고 드로우 샷을 조절할 수 있다고 생각한 것 같은데, 그렇다면 공략부터 잘못된 겁니다. 굳이 왜?

남의 속도 모르는 답답한 해설이었다.

드로우를 칠 이유가 없다.

스트레이트 구질로도 얼마든지 핀에 붙일 수 있는 세팅이기 때문이었고 그렇게 공략한 것이다.

나리언이 태주의 의도를 착각해 훅을 걸어 버린 것이다.

아니, 자신이 훅이 걸리도록 친 것인데, 애꿎은 7번 아이언을 째려보는 자신의 한심한 행동에 흠칫하지 않을 수 없었다.

웬 도구 탓?

"벙커 턱에 걸린 것 같아."

"네. 가서 보죠."

화를 억누르고 있는 것이 느껴져서일까?

평소 같으면 잔뜩 잔소리라도 늘어놨을 홍 프로가 불필요한 말을 보태지 않았다.

연습할 때나 연습 라운드를 돌 때보다 더 민감하게 반응하는 나리언 탓을 할 수도 없었다. 모든 감각을 집중시킨 실전 샷이 그렇다는 것을 그녀도, 태주도 익히 인지하고 있었기 때문이다.

2번 홀에서 버디를 낚으며 한숨을 돌리자마자 3번 홀에서 위기를 맞이한 태주는 그린으로 걸어가는 것이 부담스러웠다.

"아! 정말 미치겠네요! 저게 왜 저렇게 감긴 거죠?"

"미스 샷입니다. 백스윙을 플랫하게 가져가서 우측을 본줄 알았는데, 결과를 보니 그건 아니었던 것 같습니다. 그래도 알아서 잘 커버할 거니까 편안하게 즐기십시오. 이제 3번 홀인데, 흥분하면 슬기운 올라옵니다!"

"아! 그래야죠! TJ가 누군데!"

같은 시각, 안타까운 그 장면을 함께 지켜보는 이들이 있었다. 저녁 10시 42분을 지나가고 있는 늦은 시간이었다.

오후에 함께 라운드를 하면서 본격적인 사업 얘기를 시

작한 상도가 최 사장을 자신의 단골 바에 초대해 룸에서 술잔을 기울이며 태주의 경기를 같이 관전하는 중이었다.

현지 7시 티오프가 한국 시간으로는 저녁 10시였기에 새벽 2, 3시는 되어야 1라운드가 끝날 텐데, 영업시간 따위는 고려하지 않는 것 같았다.

최 사장은 태주가 정말로 자신이 만든 아이언을 들고 PGA 실전 경기에 나서자 흥분이 가라앉을 수가 없었던 것이다.

"으! 스탠스가 안 나와."

"클럽을 쭉 빼고 툭 찍어 쳐야죠!"

"각이 너무 어려운데?"

공이 벙커 턱 위쪽에 걸린 경우, 오른발은 벙커에 두고 왼발을 턱 위에 걸치고 쳐야 하는 경우도 있다.

하지만 지금은 벙커가 너무 깊어 다리가 찢어져도 가능하지 않은 상황이었다. 왼쪽으로 최대한 가까이 서서 웨지를 쭉 늘어뜨리고 클럽 페이스를 꺾은 채로 공을 찍어 쳐내야 했다.

그런 트러블 상황도 연습이 되어 있긴 하지만, 워낙 오래된 기억을 끄집어내야 하고 과연 구상한 대로 쳐 낼 수 있는지는 또 다른 문제였다.

상태를 명확히 살피고 스윙 플레인을 완성한 태주는 연

습부터 시작했다.

　- 아주 극단적인 상황이군요. 잘 해낼 수 있을까요?

　- 장담하기 어렵지만 연습만 되어 있다면 그린에 올릴 수는 있을 겁니다. 그래도 최고의 기량을 가졌다는 평가를 받는 선수 아닙니까.

　- 이런 묘기를 보는 것도 PGA를 보는 재미 중에 하나죠.

완벽했다.

샌드웨지는 나리언도 아니고 그 특성을 정확히 알고 있기 때문에 테이크 백의 크기도, 스윙 템포도 의도한 대로 정확히 시현되었다.

하지만 공을 찍는 순간, 솔(Sole- 클럽 아래 바닥에 닿는 면)에 뭔가가 걸리는 느낌이 있었다.

공에 가려져 보이지 않지만 벙커 턱에는 벙커샷의 결과로 흩날린 모래가 많을 수밖에 없는데, 그중에 제법 큰 돌덩어리가 숨어지지 않고 잔디 사이에 섞여 있었던 게 분명했다.

"으으! 뭐지?"

그 미세한 차이는 공에 부여될 힘을 줄어들게 만들었고,

10야드 지점에 떨어뜨려 15야드를 굴리려고 했던 타구는 러프에 떨어져 겨우 에이프런에 멈춰서고 말았다.

터무니없는 결과에 홍 프로의 의문사가 터졌으나 태주는 허리를 굽혀 공이 놓였던 잔디 사이를 뒤져 콩알 반쪽 크기의 돌멩이를 주운 뒤, 들어 보였다.

의문을 풀어 줄 대답으로 충분했다.

"그런 돌을 솎아내지 않다니! 대체 왜 그래?"

"보이지 않는 걸 어떻게 솎아냅니까? 제가 운이 없다고 봐야죠."

"그거 이리 줘 봐."

"아무데나 던지지 말고 넣어 놨다가 코스 밖에 버리세요."

"아니야. SNS에 올릴 거야. TPC 크레이그 랜치가 어떤 곳인지 다들 알 수 있게!"

"크!"

홍 프로가 소심한 복수를 언급했다.

누가 그걸 신경 쓰냐고 생각할 수도 있으나 그렇게만 볼 수 없다. 그녀가 활약하던 시기에는 별 의미가 없었을지 모르지만 소셜 네트워크가 활성화된 지금은 그렇지가 않다.

그녀가 태주와 관련된 생생한 영상이나 사진을 업로드하

면서 갑자기 팔로우의 수가 폭발해 그 재미에 폭 빠진 뒤였다.

그냥 굴러다니는 돌멩이가 아니라 PGA 투어 대회 중에 샷에 직접적인 영향을 준 방해물이기 때문에 어떤 코멘트와 함께 올리느냐에 따라 그 반향은 생각보다 대단할지도 모른다.

"골프클럽과 주최 측에서 난감할지도 모릅니다."

"그러라고 올리는 거야. 입은 피해가 확실하기 때문에 네 열성 팬이라면 다들 한 소리 보탤 거고, 사과를 받거나 최소한 관리 부실을 인정받아야지."

"이모 SNS의 영향력을 과대 포장하시는 거 아닙니까? 크크."

"아닐걸. 이거 생각보다 반향이 클지도 몰라! 두고 봐."

그때만 해도 예상하지 못했다.

당장 처한 상황이 너무 머리 아팠기 때문이다.

못해도 파는 적을 줄 알았던 홀에서 초장거리 파 퍼팅을 남기다니, 너무 민감한 나리언을 데리고 나온 것이 실수일지도 모른다는 생각이 들었다.

아무리 그래도 평소 같으면 2퍼팅은 어렵지 않게 느껴질 퍼팅인데, 한 번 느껴진 부담은 좀처럼 가시질 않았다.

"왜 그래? 라이 안 봐?"

"봐야죠. 왼쪽 30cm 어때요?"

"오르막이잖아. 25cm만 보자."

"오케이!"

한 방에 넣어도 시원찮을 판에 2퍼팅을 걱정하는 자신이 한심스러웠다. 이제 겨우 3번 홀인데, 벌써 불안감이 싹 튼다면 오늘은 정말 긴 하루가 될지도 모른다.

그래서 더 독을 쓰고 과감한 스트로크를 감행했는데, 아차 싶은 스피드에 심장이 덜컥 내려앉는 느낌을 받았다.

- 어허? 너무 세지 않나요? 아무리 오르막이라도….

- 멘탈이 나간 것 같습니다. 연이은 미스 샷에!

- 안타깝네요. TJ KIM은 정신력이 강하기로 소문난 선수 아닙니까!

- 새 클럽을 들고 나올 때부터 뭔가 이상했습니다.

- 새 클럽이라니요?

- 제가 알기로 그는 타이틀리스트 아이언을 사용했는데, 오늘 들고 나온 아이언은 어디 제품인지 모르겠더군요.

- 시즌 중에 클럽을 교체했다는 말인가요?

- 네. 누가 봐도 오만한 선택이라고 생각합니다.

퍼팅이 3야드나 오버해 위험한 내리막 퍼팅을 남긴 상황이 안타깝기는 했지만, 지금 퍼팅은 나리언과는 연관이 없다.

하지만 전문가답게 해설자 도널드가 클럽 교체를 탓하자 시청자들도 전염된 것처럼 어설픈 선택이었다고 공감했다.

물론 그게 원인을 제공한 것은 맞지만 돌멩이로 인해 미스 샷이 터진 것과 퍼팅이 오버한 것은 클럽 탓이 아니다. 흔들린 멘탈을 잡지 못한 것이 원인인데, 졸지에 오만한 선수라는 낙인을 찍히고 말았다.

그나마 생중계 방송을 보고 있지 않은 게 다행이었다.

하지만 현지의 그 해설을 해석해 준 한국 골프 중계진의 언급에 얼굴이 시뻘겋게 붉어진 사람도 있었다.

"으음…. 난감하군!"

"옳은 해설이 아닙니다. 사건의 발단은 아이언을 통제하지 못한 태주의 엄연한 실수지만, 벙커 턱에 감춰진 돌멩이를 파악하지 못한 것은 피치 못할 일이었습니다. 실수를 만회하려고 과감한 퍼팅을 시도한 것도 나쁜 의도라고 볼 수는 없죠!"

"그래도 188야드 파 3홀에서…."

보기도 아닌 더블 보기를 기록할 것 같다는 말은 차마 입에 담지 않았다. 보기도 거의 없는 완벽한 경기력을 보여 주는 희대의 골프 천재라고 믿고 있기에 더 충격이었다.

실전 심리라는 것이 그렇다는 상도의 말에도 최인호는 좀처럼 마음이 가라앉지 않았다. 태주의 어이없는 아이언 미스 샷이 모두 자신의 클럽 때문이라는 생각에 독한 위스키를 연거푸 입에 털어 넣고 말았다.

까다로운 내리막 퍼팅 결과가 마치 홀컵이 공을 토해낸 것처럼 한 바퀴 휙 돌아 튀어나온 광경에 상도도 한 잔 들이켜게 만들었다.

"기운 내자!"

"공식 경기 첫 더블 보기죠?"

"그런 걸 뭐하러 신경 써. 한 홀 한 홀, 한 샷 한 샷에만 집중하라는 선생님 조언을 따를 때라고 봐!"

"크! 그러죠!"

이후 태주는 극히 조심스러운 경기를 펼쳤다.

아이언을 교체한 것이 다른 클럽 사용에도 영향을 미치고 있기 때문에 지극히 방어적인 공략을 펼칠 수밖에 없었다.

티샷을 안전하게 보내는 것까지는 좋은데, 세컨샷에 승부를 걸어야 하는 상황에서도 정확한 컨택을 하는 것에만 집중했다.

이제 어느 정도 적응되었다고 판단했는데, 그런 생각이야말로 어설픈 착각이었음을 인정하고 철저한 반성 샷을 했다.

참고 또 참으며 파플레이를 이어 가는 가운데, 몇 번의 좋은 샷이 나왔고 이 감을 잊지 않으면 된다는 확신도 들었다.

하지만 태주는 그걸 믿고 날뛰지 않았다.

미스 샷은 그러다 터지기 때문이다.

몇 번의 좋은 샷이 나와도 한 번의 미스 샷이 그 이상을 까먹는 것이 골프이기 때문에 인내가 최고의 미덕인 하루라고 생각하고 이를 악물었다.

- 아직도 이븐파로군요.

- 파5, 12번 홀에서 버디를 하나 낚았습니다. 하지만 이대로 끝난다면 그를 주말에 볼 수는 없을 겁니다.

- 그렇죠. 지금 이븐파를 기록한 선수가 11명밖에 없어요. 이븐파가 16명이지만 지난해는 이틀간 −5를 치고도 컷을 당했기 때문에 TJ가 첫 컷 탈락의 위기를 맞았다고 봐야겠군요.

- 내일은 샷이 좀 더 나아진다고 봐도 내일 짐을 싸지 않으려면 남은 3개 홀에서 2타 정도는 줄여야 합니다. 쉽지는 않겠지만!

- 그래도 하루에 14언더, 꿈의 57타를 쳤던 선수인데,

너무 박한 평가 아닙니까?

- 하하하! 콘 페리 투어, 그것도 파나마에 있는 골프 코스 아닙니까! 그런 대회와 PGA 정식 투어 대회를 동일선상에 올려놓을 수는 없습니다!

틀린 말은 아니지만 옳은 평가도 아니다.

파나마 챔피언십이 열린 Panama GC도 엄연히 PGA 사무국이 정한 코스 규정을 따른 챔피언십 코스였기 때문이다.

PGA에 비할 바는 아니지만 57타 기록을 세울 때, 태주의 경기력은 인간의 한계를 돌파했다는 평가를 받을 만큼 거침이 없고 경이로웠다.

그건 대회의 수준이나 코스 난이도와 무관한 신의 경지였건만, 그 눈부신 결과를 말 몇 마디로 도막 내 버리는 해설자의 말에 분노하는 팬들도 적지 않았다.

결국 실력으로 보여 줄 수밖에 없는 상황에 처하고 말았다. 공교롭게도 16번 홀부터 태주는 가능성을 보여 주기 시작했다.

"436야드야. 300, 140으로 끊어 가면 괜찮을 것 같아."

"티샷 기어를 조금만 더 올릴 겁니다. 아이언 샷 감이 잡히니까 드라이브 그립감도 좋아지고 있습니다."

"좋아! 답답했는데, 후련하게 한 방 날려 봐."

데이터가 많지는 않지만 2부 투어를 포함해 집계된 6개 대회에서 태주가 기록한 드라이브 티샷 평균 비거리는 328야드로 1위를 찍고 있었다.

페어웨이 안착률도 감히 비교할 대상이 없는 90%대였는데, 아이언이 말썽을 부리는 통에 거리 욕심을 깨끗하게 비웠다.

그러나 나리언을 잡았을 때 평정심을 느낄 수 있는 상황에 이르자 슬슬 공격적인 본능이 꿈틀꿈틀 깨어나고 있었다. 이미 몇 홀 전부터 그랬지만 그럼에도 불구하고 꾹 참았다.

하지만 이제 더는 참기 어려웠다.

왜냐면 홍 프로의 추천대로 300야드를 날려 140야드를 공략하려면 피칭으로 컨트롤 샷을 해야 하는데, 더 보낼 경우에는 나리언이 아닌 샌드웨지로도 공략이 가능했기 때문이다.

까앙!

- 와우! 모처럼 시원한 티샷이 터졌습니다.
- 방향이 괜찮군요. 혹시 제 말을 들은 걸까요?
- 무슨 말을 들었다는 거죠?

- 더 이상 움츠리면 안 된다는 제 날카로운 분석 말입니다. 이대로는 컷을 피할 수 없다는 위기감을 느끼고 공격 모드로 돌입하지 않았습니까! 하지만 위기는 늘 이럴 때 나타나죠.

- 도널드! 지금 그에게 공격하란 말입니까? 참으라는 말입니까? 누가 뭐래도 그는 지금 PGA에서 가장 핫한 선수인데, 너무 비관적인 말씀만 하셔서 제가 어느 장단에 맞춰야 할지 참 어렵네요!

- 아이고! 전 그저 조심해야 한다는 말을 하고 있는 겁니다.

- 아니, 대체 뭘 조심하라는 겁니까?

해설자와 달리 캐스터 브라운은 끝내 불만을 토로하고 말았다. 그 역시 태주에 대한 선입견이 강했던 사람이다.

하지만 자신의 예상을 벗어나는 성적이 자꾸만 나오자 하루 날을 잡아 태주의 경기를 집중적으로 관찰한 바 있다.

그 결과는 놀라웠다.

자신도 모르는 사이, 팬이 되어 버린 것이다. 그런데도 주변에 워낙 보수적인 성향을 지닌 사람이 많아 그 팬심을 드러낸 적이 없었건만 편견과 오만에 가득 찬 해설을 계속 들으면서 슬슬 차오른 짜증이 한 번에 폭발하고 말았다.

골드의 신이 강림했다

8화. 크레이지 모드

골드의 삶이 강렬했다

- 와우! 338야드를 찍어 버렸습니다. 그것도 정확히 페어웨이 정중앙을 갈랐군요! 티샷 평균 비거리 1위, 페어웨이 안착률 1위의 위엄이 엿보이지 않나요?

　- 멋졌습니다…. 하지만 문제는 세컨샷이죠. 그린 적중률도 1위지만 그의 오늘 기록은 그런 수치가 얼마나 무의미한지 잘 보여 주죠. 15번의 샷 중에서 그린을 6번이나 놓쳤고 2야드 내에 집어넣은 적은 단 3번 밖에 없네요. 그건 어떻게 해석해야 하는 거죠?

　- 나이스 샷!

도널드가 자기주장을 굽히지 않는 사이, 태주의 99야드 세컨샷이 날았다. 결과를 보지 않아도 잘 맞았다는 느낌이 확연한 멋들어진 샷이었다.

제 말을 씹어 버린 브라운의 탄성이 터지자 도널드도 입을 닫고 일단 쳐다봤다. 어차피 지금 사용한 샌드웨지는 교체한 클럽도 아니기 때문에 왈가왈부할 건더기도 없었다.

이번 시즌 유일한 다승자이자 일부 전문가들로부터 골프 천재의 탄생이라는 호평을 받는 선수를 매도한 그로서는 긴장하고 쳐다볼 수밖에 없었다.

그런 그의 입에서 진한 탄성이 터졌다.

"우우우…. 나이스 샷 이글!"

"TJ! TJ! TJ!"

실망감을 감추지 못하고 있던 갤러리들도 태주의 닉네임을 미친 듯 연호하기 시작할 만큼 환상적인 샷이 터졌다.

하늘을 찢어발길 듯 높이 떠오른 타구는 잘 맞았음에도 홀컵을 훌쩍 지나가 안타까움을 더했다. 하지만 홀컵 2야드 후면에 떨어진 공은 이후 마술이 걸린 것 같은 궤적을 보였다.

바운드부터 살짝 뒤로 튀었고 이내 백스핀이 걸리면서 쭉 빨려 들어오더니 홀컵 속으로 자취를 감춰 버렸던 것이다.

더블 보기를 기록한 뒤로 전전긍긍하는 모습에 실망감을 감추지 못했던 팬들의 심장을 때리는 강력한 한 방이었다.

"이 미친 놈!"

"짜이옌옌(진정하라는 태국어)!"

"아이고 이뻐라! 진즉에 이랬어야지. 이게 바로 너라고!"

"아직 건방을 떨기엔 이릅니다. 행운을 실력으로 착각하면 어떻게 되는지 잘 아시잖아요."

"운이 어딨어! 다 실력이지."

"한 샷 한 샷 모드. 거기에 집중할 때입니다."

"알았어, 알았어. 호들갑 떨지 않을 게."

당사자의 감동이 그녀보다 작을 수는 없다.

지켜보기에 답답했을지라도 어디 당사자만 했을까?

태주도 속이 뻥 뚫리는 것 같은 쾌감을 느꼈다. 하지만 그런 감정에 휩쓸릴 초짜는 아니었기에 날뛰는 심장을 애써 억누르며 다음 홀 공략에 집중했다.

드라이브와 샌드웨지로 작성한 이글은 새 클럽에 적응하면서 생긴 이질감을 극복한 사례에 불과하다. 하지만 이번에는 나리언을 사용해야 할 163야드 파 3홀이기 때문에 이번 샷 결과가 성에 차지 않는다면 말짱 도루묵에 불과했다.

"뭘 줄까?"

"용기요!"

"그건 네가 가장 많이 가지고 있는 거잖아. 이럴 때 힘이 되어야 한다는 거 알지만 그게 사실이기 때문에 내가 할 수 있는 것은 고작 그것뿐이야. 네가 용감한 남자라는 사실을 확인시켜 주는 거!"

"흐흐. 제가 좀 겁이 없긴 하죠."

컨디션이 나쁘면 샷 결과가 좋을 수 없다.

하지만 너무 컨디션이 좋아도 샷 결과가 좋지 않다.

자신감이 뿜뿜 대면 오버 스윙이 나오기 때문이다.

지금이 딱 그랬다.

용기를 달라고 말했지만 사실은 폭발하고 있는 자신감을 애써 억누르고 싶어 반어법을 사용했던 것이다. 하지만 홍 프로의 말을 듣고 보니, 그런 걱정을 할 필요가 없었다.

그녀의 눈에 비친 자신은 늘 자신감 만땅이었고, 오버하는 것을 걱정하는 한, 우려한 사태는 터지지 않을 것 같았기 때문이다.

"9번아! 기가 막힌 샷 한 번 부탁하자!"

가장 자신 있게 구사할 수 있는 피치 샷을 염두에 둔 태주는 9번 아이언을 집어 들었다. 한 치의 사이드 스핀도 걸리지 않을 탄도 높은 샷을 완성하기 위한 플레인을 짜기 시작했다.

그린 주변에 벙커가 덕지덕지 붙어 있지만 바람이 거의 없어 거리만 정확히 맞추면 된다. 백스핀이 걸릴 수밖에 없는데, 마침 핀이 앞에 꽂혀 있어서 활용할 공간의 여유가 많은 점도 마음을 편하게 만들어 줬다.

모든 상황이 굿 샷을 가리키고 있는 그때, 에이밍을 하던 태주의 눈앞에 눈이 부시도록 선명한 파란 궤적이 그려졌다.

'어허! 울림까지 왔어?'

'우측 한 클럽을 보라는 거네?'

탄도가 높은 샷이라서 바람의 영향을 받을 수밖에 없다.

다만 지상에서는 감지할 수 없어 핀을 보려고 했는데, 거기에 정교한 방향까지 가르쳐 줬으니 더 바랄 것이 없었다.

이른바 뿜뿜 모드가 된 것이다.

스윙 플레인에 방향까지 완성되자 태주는 거침없이 빠른 샷 루틴을 밟아 나갔다.

아크가 크고 느린 테이크 어웨이.

백스윙 탑에서 그립감이 좋다는 느낌을 받는 순간, 태주의 허리는 이미 가야 할 곳으로 이동하고 있었다.

과감한 다운 블로우에 찍힌 타구가 미사일처럼 쏘아졌고, 길쭉한 잔디 덩어리도 흙을 흩뿌리면서 사방으로 흩날렸다.

"나이스 샷!"

"인 더 홀!"

- 와우! 기가 막힌 임팩트가 터졌습니다!

- 그냥 헤드를 확 집어 던져 버리네요. 9번 아이언을 잡
았다는데, 너무 길지 않을까 우려됩니다.

- 탄도가 높잖아요. 저게 바로 TJ의 아이언 샷의 우월함
을 대표하는 피치 샷이 아닌가 싶습니다. 아마 핀을 살짝
오버할 겁니다. 그리고는 기가 막힌 백스핀이 걸리겠죠!

- 크크. 아이언으로 백스핀을 거는 게 그렇게 말처럼 쉬
운 게 아닙니다. 브라운.

- 말처럼 쉬운 게 아니지만 그는 할 수 있습니다. 제가
아는 한, 그만큼 기술적인 샷을 잘 구사하는 선수가 없는
데, 왜 당신은 TJ를 그렇게 낮춰 보는 거죠?

- 아이고! 낮춰 보다니요! 그렇지는 않습니다. 그저 냉정
한 분석을 해 드리려는 것뿐입니다.

- 굿! 굿! 백스핀!

또 한 번 브라운은 도널드의 말을 무시해 버렸다.

공교롭게도 그 대답을 하려는 찰나에 타구가 그린에 떨

어졌기 때문이다. 브라운의 예상은 틀리지 않았다.

깃대 3야드 뒤에 떨어진 공이 크게 바운드가 되면서 살짝 앞으로 튀었지만, 두 번째 바운드가 이뤄진 뒤에는 확실하게 느껴졌다.

공에 걸린 백스핀의 기운이 어마어마하다는 것을.

실제 또다시 기술 샷의 꽃이라는 끌어당기기가 작렬했다. 방향도 기가 막혔는데, 홀인원을 기대하던 이들의 귀를 때리는 끔찍한 소리도 터졌다.

텅!

- 어허! 저게 튕겨 나가나요?

- 스핀양이 정말 엄청나군요. 그런데 9번으로 저게 가능한 건가요? 깃대를 맞추고도 3야드나 더 굴러가다니!

- 제가 뭐라고 그랬습니까! 백스핀을 거는 게 쉽지 않다고요? 지금 생각은 어떻습니까?

- 눈으로 보고도 믿기지가 않는군요. 9번 아이언이 맞나요?

- 직접 본인 눈으로 보고도 인정을 못하시는 겁니까? 정말 깝깝하군요. 전문가가 맞습니까?

갑자기 심한 표현이 튀어나왔다.

도널드는 PGA 2승에 빛나는 선수 출신이다.

입담이 걸고 좋은 일에 앞장서 골프팬들에게 푸근한 이미지로 인정받고 있는 해설자인데, 캐스터가 그를 사정없이 후려갈겨 버린 셈이다.

그런데 그는 눈치를 보지도 않았다. 매우 모욕적인 말로 들릴 수도 있지만 쌓인 게 많았는지 한 번 해보자는 식이었다.

놀라운 것은 도널드가 그걸 받아넘긴 장면이었다.

괄괄한 만큼 웬만해서는 참지 않는 성격인데, 나이도 경험도 부족한 캐스터의 질책을 꾹 참아 넘겼다.

그게 살길이라는 본능이 작용한 것일까?

잠시 침묵하던 그가 이내 자신의 입장을 밝혔다.

- 제가 선입견을 가지고 있었던 것은 인정합니다. 지금까지 여러 동양 선수들이 성실하게 투어에 임했고 일부 성과를 내기도 했지만, 괄목할 대선수가 없었던 것은 사실 아닙니까?

- 그렇다고 누구보다 공정해야 할 해설자가 편파적인 분석을 하면 안 되죠. 제가 오버한 것이라면 사과드리겠으나 TJ가 절정의 기량을 가진 엘리트 골퍼인 것은 분명하지 않습니까?

- 네…. 그 또한 인정합니다. 동양인의 한계를 돌파하고 성적을 낼 수 있을까, 그런 생각으로 지켜봤던 것도 사실입니다. 하지만 브라운의 질책을 듣고 되돌아보니 제가 심했네요. 그만한 성적을 낸 선수가 없고, 최소한 결과를 낸 만큼은 인정해 줘야 하는데, 제가 편견에 사로잡혔었습니다!

브라운만 놀란 것은 아니다.

시청자들도 방송 사고가 나지 않을까 염려했는데, 뜻밖에도 도널드가 쿨하게 자신의 실수를 인정해 버렸다.

누구나 실수는 할 수 있지만 그걸 인정하는 것은 쉽지 않다. 생방송이기 때문에 더 격해질 수 있건만 곧바로 자신의 실수를 인정하는 모습은 사람들의 엄지 척을 이끌어 냈다.

최소한 결과를 낸 만큼은 인정해야 한다는 말이 주는 의미는 확실했다. 태주가 현재 동양 선수의 한계를 깨고 있으며 감히 무시할 수 없는 위상을 지녔다는 뜻이었던 것이다.

"저게 그냥 확 들어갔어야 하는데요!"

"김 회장님. 백스핀이 걸리는 거 보셨습니까? 크하하하!"

"정말 걸작이군요. 클럽 페이스의 마찰력이 거의 예술

수준입니다. 저 정도면 여타 메이커 클럽들보다 교체 주기가 짧아져야 하는 거 아닙니까?"

"짧아지긴 하겠지만 웨지처럼 자주 교체할 필요는 없을 겁니다. 제가 고안해 낸 특수 합금의 강도가 최근 나오고 있는 신제품에 비해 1.8배 정도 높다는 데이터가 나왔거든요."

"아! 그렇습니까?"

"이글에 이은 버디라…. 한잔하지 않을 수 없군요! 건배하시죠!"

최 사장은 이미 거나하게 취기가 돌고 있었다.

아버지인 상도보다 더 애를 태우며 경기를 지켜봤기 때문이다. 더블 보기를 기록한 이후 15번 홀까지 겨우겨우 이븐파를 유지하는 모습은 보는 이로 하여금 속을 태우게 만들었다.

지금까지 보여 왔던 기량과는 너무도 현격한 차이를 보였기 때문이다. 성적이 좋지 않자 화면에 잘 비치지도 않았다.

하지만 16번 홀 샷 이글에 화들짝 놀란 중계 카메라가 이어진 파 3홀에서 깃대 맞추기 묘기를 클로즈업하는 순간, 따라다니던 갤러리들은 물론 자정을 넘긴 시간까지 그 경기를 지켜보던 한국 팬들의 속도 후련하게 풀어 줬다.

3야드 버디 퍼팅은 프로도 부담스러운 거리지만, 태주는 침착하게 버디를 낚아내며 2홀에 3타를 줄이는 기염을 토했다.

"벌써 4언더야!"

"이제 4언더가 아니고요?"

"크! 그런가? 하도 마음을 졸이다 보니, 버디만 나와도 날아갈 것 같이 기분이 좋네."

"괜한 고집을 부려 미안합니다."

"아니야. 방금 전 샷을 보고 깨달았어. 어차피 겪을 일이라면 지금이 낫다는 것을!"

"이제 파 5홀인가요?"

"응. 오늘은 528야드야. 아이언으로 2온이 가능한."

남들이 들으면 기겁할 말이다.

그린 앞에 크릭이 지나가고 오르막이 꽤 많은 홀이라서 장타자가 아니면 아이언 2온을 언급할 수 없다.

하지만 연습 라운드를 통해 확인한 바, 태주라면 가능했다.

마침 샷 감을 잡은 상황이라서 마지막 홀에서 들어서는 발걸음이 무척이나 가벼웠다. 홍 프로처럼 태주도 울분이 켜켜이 쌓였던 터라 보여 주고 싶은 열망이 강렬했다.

아무리 강하게 때려도 80% 이상의 힘을 쓴 적은 없건만, 티그라운드에 올라선 태주의 드라이브 빈 스윙에서 비행기가 이륙하는 소리가 들렸다.

쉬이잉! 쉬잉!

"집중!"

"네. 하하하!"

홍 프로도 태주의 의중을 읽었는지 한마디 보탰다.

그나마 신경을 거스르지 않도록 짧고 굵게 한마디 했는데, 그 표현은 레슨 할 때 태식이 샷을 앞둔 제자들에게 강조하던 단어다.

그 말을 자신에게 던지는 홍 프로의 간절한 마음이 느껴졌기에 보다 푸근한 상황에서 90% 샷을 하게 되었다.

갑자기 크레이지 모드로 돌입하자 중계 카메라도 태주의 티샷을 화면에 담고 있었다. 더욱이 파 5홀이었고 투어 최고의 장타로 자리매김하고 있어 팬들도 군침을 삼키며 지켜봤다.

- 스윙이 좀 독특하죠?

- 나무랄 데 없습니다. 정상급 선수들에 비해 눈에 띄게 다른 점은 백스윙 템포가 아주 느리다는 것인데, 아마추어들이 참조하면 좋을 사례죠. 스윙 스피드를 올리려고 급하게 치켜드는 사람들이 많은데, 테이크백의 이유가 뭔지 알

아야 합니다.

- 몸의 꼬임을 극대화하기 위해서 아닌가요?

- 그렇죠! 근육이 살아 있는 TJ만큼 폭발적인 헤드 스피드를 낼 수는 없겠지만, 느린 테이크백은 용수철이 감기듯 힘을 축적하는 과정을 보다 잘 느낄 수 있어 매우 유용합니다.

- 빠르다고 좋을 게 없다는 거군요. 하기야 제 경우도 세게 치려고 가파르게 치켜들면 어김없이 미스 샷이 나오더군요.

- 핫하! 보통 아마추어들은 정상급 선수들의 스윙을 따라 하기가 힘든데, TJ의 스윙은 따라 해 보시기를 추천 드립니다. 분명히 도움이 될 겁니다. 보는 것처럼 쉽진 않겠지만.

투어를 대표하는 장타자들은 아마추어들의 눈에 보이지 않을 만큼 스윙 템포가 빠르다. 그렇게 빠른 스윙을 하면서도 어떻게 정교함을 잃지 않는지 의아할 정도다.

태주도 다운스윙 때는 어마어마한 가속이 붙지만 그건 눈에 잘 띄지 않는다. 누구나 자신은 강하게 내리찍는다고 자평하기 때문이다.

그에 비해 느린 테이크백은 아마추어들도 쉽게 따라 할

수 있을 것 같은데, 그런 생각은 큰 착각이다.

의외로 클럽을 느리게 빼면 스윙이 되질 않는다. 몸에 익숙해지지 않으면 시도 자체가 불가능하다는 것은 겪어봐야 알 수 있기 때문에 보는 것처럼 쉽진 않다고 말한 도널드의 말이 전적으로 옳다.

"우와아아아! 대체 언제 떨어지는 거야?"

"정말 무시무시한 속도군!"

"야! 공이 어디 있는데?"

고막을 찢을 듯 강한 타격음을 들었다.

하지만 공이 보이질 않았다. 총알처럼 날아간 타구가 인간의 눈으로는 쫓기 어려웠기 때문이다.

그러곤 마치 공간을 이동한 것처럼 창공에 불현듯 나타났다. 파란 하늘에 드리워진 새하얀 뭉게구름 속으로 쑥 빨려 들어갈 것처럼 하늘을 꿰뚫으며 쭉쭉 뻗어나갔다.

평소보다 더 강력한 티샷을 시도했음을 그제야 느낀 사람도 있었지만 절로 터진 감탄사 외에는 표현할 게 없었다.

"헐크 디샘보가 350야드 파 4홀에서 1온에 성공한 뒤에 난리 브루스를 추는 거, 너도 본 적이 있지?"

"저더러 춤이라도 추란 말입니까?"

"지금 내 마음이 그렇다는 거야."

"그럼 한 번 보여 주시죠?"

"얘가 미쳤어!"

극도의 쾌감을 느꼈다.

장타는 모든 골퍼의 로망이기 때문이다.

보통 사람은 상상도 하지 못할 장타를 날리면 그 자체가 경이롭기도 하지만, 상상이 실현되었을 때 팬들은 열광할 수밖에 없다.

지금 상황도 딱 그랬다.

TJ의 월등한 기량을 직접 보기 위해 찾아온 갤러리들은 더블 보기를 기록한 태주가 겨우겨우 파플레이를 이어 가는 모습에 실망을 넘어 욕까지 뱉으며 다른 조로 옮겨가기도 했다.

요란한 잔치에 먹을 게 없다는 말을 던졌겠지.

그러나 뒤늦게 발동이 걸린 태주가 신기 어린 플레이를 이어 나가자 그 감동은 배가 될 수밖에 없었다.

- 오르막 홀인데…. 356야드를 찍었네요!

- 런이 12야드밖에 되지 않았다는 것이 중요합니다. 경사를 감안하면 순수 캐리만 350야드 이상을 찍었다는 건데, 정말 미쳤군요!

- 크크. 그 표현 좋네요. 저도 미치지 않고는 가능하지

않은 거리라고 생각합니다.

- 몇몇 장타자들이 400야드 이상을 날린 기록도 있지만 그건 대부분 내리막이나 바람의 도움을 받은 겁니다. 하지만 지금 TJ는 오르막, 그리고 강하진 않지만 공중에서는 상당한 영향을 미쳤을 맞바람까지 뚫고 그 거리를 보낸 겁니다.

- 그러니까요! 왜 약물 검사를 하라고 강조하는지 이해가 됩니다. <u>흐흐흐</u>!

드라이브 평균 비거리 300야드 시대에 접어든 지 오래다.

아마추어들도 300야드를 때리는 사람이 나오고 프로가 작정하고 때리면 언제든 300야드는 날릴 수 있다고 봐야 한다.

하지만 모든 환경이 정상적일 경우, 장타의 한계는 아직도 330야드라고 보는 것이 합리적이며 순수한 캐리는 315야드 안팎이 나온다고 볼 수 있다.

그렇기 때문에 악조건하에서도 356야드를 찍은 태주의 이 티샷은 부정적인 편견을 가지고 있는 도널드마저도 전율케 하는 샷이었다.

"174야드 남았어."

"8번 주세요. 다시 한번 피치 샷을 해야겠습니다."

"오케이! 그린 경사는 알지?"

"좌측에서 우측으로 흐르죠. 반 클럽 보면 될 것 같습니다."

"띄울 거면 조금 더 봐야 하지 않을까?"

"으음…. 그러네요."

파 5홀에서 8번 아이언으로 2온을 노린다.

파 5홀을 졸지에 파 4홀처럼 만들어 낸 태주는 유난히 길었던 하루를 되돌아보며 이 또한 좋은 경험이라는 생각을 했다.

적응되지 않은 클럽을 들고 나와 이만하면 잘했다는 자기 위로를 하려면 마지막 샷을 확실하게 할 필요가 있었다.

원하는 것은 핀에 붙여 이글을 잡아내는 것, -5면 충분하지 않지만 그래도 선방했다고 볼 수 있기에 이번 샷 컨트롤에 모든 감각을 집중시켰다.

그러자 마음의 울림이 나타났다.

'우후! 이렇게 자주 나타난다고?'

'나쁠 것 없지! 조절할 수 있다면 신(神)이라 불릴 수 있을 텐데!'

간절할 때 나타나는 경향은 있었지만 하루에 2번이나 나타난 적은 없다. 신기한 점은 쥐고 있는 나리언이 그 울림에 반응이라도 하듯이 웅, 웅 떨고 있다는 것이었다.

하도 신기해서 치켜들어 쳐다봤는데, 시각적으로는 확인이 되지 않았다. 그러나 신비한 증상이 감지되고 있는 것은 분명한 사실이었다.

믿거나 말거나.

"태주야. 에이밍이 좀 이상한데?"

"살짝 드로우를 걸 겁니다."

"그래?"

바람을 고려해 살짝 좌측을 보고 사이드 스핀은 걸지 않을 생각이었다. 아직은 나리언을 컨트롤하는 게 용이하지 않다고 판단했기 때문이며 스트레이트 구질이 좋은데 굳이 무리할 필요가 없기 때문이었다.

그런데 울림의 방향은 그린 우측 끝을 보고 드로우 샷을 하라는 것이었다. 바람도 있기에 부담스러운 요구였지만, 원하는 궤적을 만들 수 있다는 자신감이 생겼고 태주는 과감하게 헤드를 던졌다.

파앙!

- 우후! 드로우 샷인가요?

- 궤적이 아름답습니다. 그냥 직선 구질로 쳐도 무방한

거리인데, 저렇게 가끔 기술적인 샷을 날리고 싶을 때가 있죠.

 - 그래도 경사가 우측으로 흐르는데, 오르막 퍼팅을 남기려는 걸까요? 너무 우측에 떨어진 것 같습니다.

 - 살짝 부족… 아니군요. 공이 좌측으로 튀었습니다. 얼마나 스핀이 강하게 걸렸는지….

 타구는 떨어진 지점의 경사가 중요하다.

 전혀 엉뚱한 방향으로 튀는 것은 그 지점의 경사가 생각보다 크게 작용하기 때문이며, 우측을 기운 경사에 떨어졌기 때문에 좋은 샷에도 불구하고 너무 긴 퍼팅이 남을 것 같았다.

 하지만 첫 번째 바운드가 좌측으로 튀었고 탄도가 높았던 탓에 런은 크지 않았다.

 그래도 사방에서 멈추라는 소리가 작렬했는데, 마치 그 소리를 들었다는 듯, 타구는 깃발 근처에서 백스핀까지 걸렸고 오히려 홀컵 한 뼘 앞에 멈춰 서서 팬들의 탄식을 불러왔다.

 "의! 정말 아깝다. 한 바퀴만 더 굴렀으면 떨어졌을 텐데!"

 "전 바짝 붙은 것에 만족합니다. 이글이잖아요!"

"흐흐. 그렇지. 이번 샷 아주 좋았어. 딱 원하는 만큼 휜 거잖아?"

"네. 이 녀석이 드디어 제 말을 듣기 시작했네요. 하하하!"

탭인 이글을 작성한 태주는 고된 임무를 -5로 끝마쳤다.

마지막 3개 홀에서 5타를 줄이는 기염을 토하며 팬들의 시선을 사로잡았지만 성적은 공동 33위에 불과했다.

-5, -4를 친 선수가 워낙 많아 컷보다 겨우 2타 앞선 성적이었다. PGA 투어에 기량이 뛰어난 선수들이 많긴 하지만 이렇게 모든 선수들이 골고루 잘 친 경우는 매우 드물다.

-8을 친 선수가 넷, -7이 아홉, -6이 무려 19명이나 나왔다는 것인데, PGA 챔피언십을 앞두고 다들 칼을 갈았기 때문이라고 보기엔 너무 스코어가 좋았다.

"내일은 코스 세팅이 완전히 달라지겠는데요?"

"11년 만에 18홀 평균 타수가 가장 낮게 나온 거래. 그 때문에 네 빛나는 성적도 상대적으로 주목을 덜 받는 것 같아."

"빛나기는요! 잔뜩 쫄아서 겨우겨우 버틴 경기 영상은 감추고 싶을 만큼 싫습니다. 가서 연습이나 하죠."

"안 지쳤어?"

"그냥 푹 쉬고 싶을 만큼 피곤했는데, 막판에 힘을 얻었습니다. 감이 좋을 때, 이 녀석을 휘어잡아야 할 것 같아서요."

"그래. 그럼 가자!"

짜릿한 희열을 맛본 것에 비하면 결과는 실망스러웠다.

하지만 태주의 경기를 애타게 지켜보던 팬들의 입장은 달랐다. 전혀 그답지 않은 경기력에 실망했으나 3개 홀 5언더에 역시 TJ답다는 생각을 하며 내일을 기대하게 되었다.

아쉬운 사람도 있었다.

멀쩡해 보였지만 샷 이글을 본 최인호 사장은 그때 원샷을 한 뒤로 눈빛의 초점을 잃더니 끝내 18번 홀 장타는 보지도 못하고 탁자에 엎어져 잠이 들고 말았다.

상도는 -5로 끝난 경기를 다 관전한 뒤, 비서를 시켜 그를 자신의 골프 리조트 룸 중에서 가장 뷰가 좋은 곳에 모셨다.

사업 파트너여서가 아니라 태주를 진심으로 아끼고 존중하는 그의 뜨거운 열정에 감동을 받았기 때문이었다.

"온탕과 냉탕을 오갔다고 해야 하나?"

"코스 세팅이 얼마나 중요한지 단적으로 보여 준 이틀이라고 봐야 할 것 같습니다."

"그래도 너무했어. 어젠 98명이나 나온 언더 파가 어떻게 오늘은 6명뿐일 수 있냐고!"

"제가 그 6명에 낀 것을 다행이라고 여겨야죠. 크크!"

"러프가 문제였어. 깎기는 깎은 건가?"

첫날은 평균 타수 69.64와 더불어 언더파가 98명이나 나왔다. 그나마 이븐파가 14명이었고 이븐파는 16명에 불과했다.

그런데 둘째 날은 평균 타수가 74.88로 집계되었다. 언더파는 단 6명이었고 이븐파가 106명이 나와 순위가 요동쳤다.

그 와중에 언더파를 기록하긴 했지만 태주의 샷도 좋았다고 볼 수는 없었다. 기가 막힌 샷으로 버디 4개, 이글 하나를 잡아냈지만 보기를 4개나 기록하는 진기한 하루를 보냈다.

아직도 나리언을 완벽히 통제하지 못하고 있다는 의미였다. 그래도 −7이 된 태주는 공동 8위로 수직 상승하면서 연승에 대한 불씨를 꺼뜨리지 않았다.

"또 연습하러 가자고? 너 진짜 세다 세!"

"그럼 이모는 샤워하고 오세요. 전 덥혀진 몸이 식기 전에 샷 감각을 더 바짝 익혀야겠습니다."

"그래. 난 일단 씻어야겠어. 이 땀 좀 봐. 너무 찜찜해."

"고약한 냄새는 안 나는데?"

"야!"

1라운드도 힘들었지만 2라운드는 더 힘들었던 모양이다.

하기야 핀을 골치 아픈 위치에 꽂아 놨고 티 샷 위치도 절묘하게 틀어 놔 유난히 트러블 샷이 많은 하루였다.

정교하던 티샷도 한 번 휘말리자 태주는 마음을 비우고 거리보다는 페어웨이를 지키는 데 집중했는데, 그럼에도 불구하고 러프가 잡아당기듯 빠지는 상황이 많았다.

난이도를 높이려고 러프를 길게 깎아 놔 어제와 같은 느낌으로 샷을 했던 선수들은 거기에서부터 멘붕에 빠졌다.

그나마 태주는 빠르게 적응한 편이었다. 나리언은 거친 러프도 가차 없이 파고들어 정확한 임팩트를 만들어 냈는데, 그 감각을 잡는 데 적잖은 시간이 소요되었다.

그 새로운 감을 놓치기 전에 자기 것으로 만들려면 연습만이 답이라고 판단한 것이다.

"지금 미국에 건너가신다고요?"

"어제 밤새 마지막 작업을 끝냈습니다. 웨지도 모두."

"경기를 다 보시고 그 늦은 시간에 집에 들어가신 게 아니고 작업실로 가셨던 겁니까? 잠은 주무셔야죠."

"미국 가는 비행기 안에서 자면 됩니다. 혹시 아드님에게 전할 말씀은 없으십니까?"

"저도 다음 주에 넘어갈 생각이었습니다. 첫 메이저 대회지만 태주가 큰일을 낼 것 같은 느낌이 들어서."

"핫하! 그 PGA 챔피언십을 위해서라도 새로 만든 세트를 빨리 전해 주는 게 좋을 것 같아 잠을 잘 수가 없었습니다."

"아이고! 그래도 무리하시면 안 됩니다."

1라운드 때 과음을 해서 참는 것인 줄 알았다.

하지만 최 사장은 2라운드 중계가 새벽 2시에 끝났는데, 그날 저녁 7시에 나타나 오늘밤 비행기를 탄다고 말했다.

태주가 요청한 웨지 세트 외에도 지금 사용하고 있는 아이언이 지나치게 민감한 것 같아 관용성을 손본 새 아이언 세트도 준비한 상황이었다.

상도도 함께 건너가고 싶은 마음이 굴뚝같았지만, 지금 가면 열흘 가까이 자리를 비우기 때문에 애써 참았다.

그 대신 최 사장의 여행 경비를 모두 비용 처리해 드리겠노라 말했다. 이미 설립인가를 마친 새 회사 이름으로.

[TSJ GOLF CORPORATION]

태주가 보면 단번에 알 수 있을 의미였다.

태주의 이니셜 TJ 사이에 S를 넣었는데, 그건 바로 태식의 이니셜이다. 이미 TS 아카데미로 제법 알려져 있기 때문에 TJS보다는 TSJ가 낫다고 판단했다.

최 사장이 새로 만든 클럽에는 그 이니셜이 새겨져 있었다. 아쉬운 것이 있다면 3라운드가 진행되는 시간에 비행을 하고 있어서 이번 대회는 그 클럽을 들 수가 없다는 점이었다.

그래도 하루라도 일찍 전해 줘 PGA 챔피언십에서는 무리 없이 사용할 수 있도록 밤을 꼬박 새워 작업했던 것이다.

최 사장이 태평양을 건너가고 있는 그 시각, 태주는 골프사에 길이길이 남을 희대의 명장면들을 생성해 내고 있었다.

- 저걸 뚫는다고요?
- 제가 봐도 무리수인 것 같습니다. 나무가 너무 울창해요. 나뭇잎은 뚫을 수 있겠지만 잔가지라도 맞게 되면 전혀 엉뚱한 방향으로 튈 수도 있는데….
- 그래도 샷을 하는 당사자는 정확한 궤적을 본 게 있어서 시도하는 거 아닐까요?
- 그럴 겁니다. 하지만 타구의 거리와 방향은 맞춰도 중간 궤적까지 정확하게 컨트롤하는 것은 어렵습니다. 레이

업을 해서 3온 1퍼팅 작전이 불가능하지도 않은데, 대체 무슨 생각인지 모르겠습니다.

드라이브 티샷이 살짝 밀렸다.

그래도 살짝 세미 러프쯤 들어갈 것이라고 예상했는데, 어이없게 깊이 들어가더니 급기야 세컨샷이 나무에 가려졌다.

평소처럼 레이 업을 준비하던 태주가 갑자기 나무와 샷 지점을 오가는가 싶더니 돌연 9번 아이언을 집어 들었다.

남은 거리는 158야드, 피칭이면 충분하고 남을 거리였건만 정확한 의중을 파악하기 어려운 시도를 감행한다고 봐야 했다.

중계진의 의견처럼 태주를 따라다닌 갤러리들도 초조한 기색을 감추지 못하고 쳐다봤다. 하지만 빽빽한 나무 사이를 뚫고 온 그린을 시킬 수 있다면 큰 감동을 불러올 샷이긴 했다.

톡 건드리면 터질 것 같은 긴장감에 사위가 조용해졌다.

퍽!

정말로 나무를 향해 샷을 했다.

하도 빽빽해 햇빛도 통과하지 못하는 공간을 향해 샷을 하는 것처럼 어리석게 보이는 짓도 없다.

자신의 실력을 과대평가하는 아마추어들이나 함직한 그 샷이 나뭇잎을 뚫고 지나가는 순간부터 함성이 터졌다.

　가지에 맞는 둔탁한 소리가 나지 않았고, 살짝 저항을 먹은 타구가 또다시 힘차게 날아올라 그린을 향하는 광경은 보는 이로 하여금 후련한 청량감을 선사했다.

　잘 날아간 타구가 그린에 떨어졌다. 하지만 스핀이 다 죽었는지 생각보다 런이 길었고 겨우 에이프런에 멈춰 섰다.

　하지만 귀청을 때리는 환호성은 좀처럼 그칠 줄을 몰랐다.

〈6권에서 계속〉

총에 맞고 죽을 뻔한 국정원 지원요원 최강,
잠시 떨어졌던 사후 세계에서 두 영혼이 딸려 왔다.

마법사 제라로바와 암살자 케라는
최강의 몸에 깃들어 힘을 빌려주기로 하고.

책상물림 지원요원이던 최강은,
두 영혼의 도움으로 최강의 요원으로 재탄생한다!

「불사신 혈랑」 박현수의 새로운 현대 첩보 판타지!

빙의로 최강요원

박현수 현대판타지 장편 소설
DONG-A MODERN FANTASY STORY

동아 COMMUNICATION GROUP

동아
COMMUNICATION
GROUP